雪线上的边关

卢一萍 著

以生命守卫边关
用青春报效祖国

甘肃人民出版社 | 长江少年儿童出版社
甘肃·兰州 | 湖北·武汉

图书在版编目（CIP）数据

雪线上的边关 / 卢一萍著. -- 兰州：甘肃人民出版社；武汉：长江少年儿童出版社，2024.3
ISBN 978-7-226-06082-7

Ⅰ．①雪… Ⅱ．①卢… Ⅲ．①报告文学－中国－当代 Ⅳ．①I25

中国国家版本馆CIP数据核字（2024）第065916号

出 版 人：梁朝阳　　何　龙
项目策划：李树军　　原彦平
　　　　　姚　磊　　胡同印
责任编辑：袁　尚　　舒木星
助理编辑：李舒琴
美术编辑：陈　奇　　孔庆明珠
封面图片：阿　丑

雪线上的边关
XUEXIAN SHANG DE BIANGUAN
卢一萍　著

甘肃人民出版社出版发行
（730030　兰州市读者大道568号）
长江少年儿童出版社出版发行
（430070　武汉市洪山区雄楚大道268号出版文化城）
兰州新华印刷厂印刷
开本 889毫米×1240毫米　1/32　印张 7.25　插页3　字数 140千
2024年3月第1版　　2024年3月第1次印刷
印数：1~30 000
ISBN 978-7-226-06082-7　　定价：42.00元

目　录

第六程　风雪北疆

后　记

引子：

走进秘境

中国西部是神秘的，而更遥远的西部万里边境线，作为军事禁区，使那些即使有可能来到西部的人，也不可能接近，其神秘性自不待言。

那遥相呼应的边防站，那冰冷的高架铁丝网，那相互对立的高耸的哨楼，那疾驰在边境线上的巡逻分队，那黑夜中的潜伏，那紧张的对峙，那些戍边将士的牺牲奉献、苦乐喜忧……无不呈现出另一个世界的状态。

它如同一个神秘王国。而我在西部边疆工作的20多年经历，让我能有机会多次深入边关，揭开常人难以想象的边防军人的戍边生活。本书记录的，一部分是我的亲身遭遇，更多的是我在风雪边关采访到的一线戍边军人的故事。自1996年军校毕业到驻帕米尔高原某边防团戍边，到2015年前往喜马拉雅南麓采访，历时20年之久。

　　这万余里边防线分布在阿尔泰山、塔尔巴哈台山、天山、帕米尔高原、喀喇昆仑山、阿里高原、喜马拉雅山脉的戈壁荒原和冰峰雪岭之间。这必将使戍守这些边防线的将士具有奇特的人生经历。而分布于帕米尔高原、青藏高原和内蒙古高原一带的这些群山铁骨峻嶒，穿云刺天，气势磅礴。在这些群山的怀抱里，除了边防军人外，还生活着很多少数民族。千百年来，他们繁衍生息，流动迁徙，生生不息，创造了色彩斑斓的民族文化。这也是边境的一个重要组成部分。对于蕴含了泪与雨、血与风、生与死的西部边关，任何一个未见到真正边关的人，对它的任何一种想象、任何一种描述都显得苍白无力。

　　而我，试图将这秘境中的一切，包括青春、死亡，包括卓绝的艰苦、勇敢的精神，包括喜马拉雅的磅礴、阿里的至纯、喀喇昆仑的大荒、帕米尔高原的至美，完美呈现出来，使你来一次秘境之旅、精神壮游。

　　我们行程的起点是喜马拉雅南麓。

　　这里有"云中哨所"，有全军离北京最远的什布奇边防连，有世界最高的军事运输通道——界山达坂，其海拔6000余米；然后是喀喇昆仑，这里有一个地处世界屋脊的"西海舰队"，有全军最高的哨卡——海拔5380米的神仙湾钢铁哨卡；再就是帕米尔边关，这里有闻名全军的前哨5042前哨班；还有全军最远的陆上巡逻线，骑着牦牛进入无人区，往返需 20 多天。

边关是横亘古今的一道门槛，它属于过去，也属于现在和未来。一个国家和另一个国家在这道门槛两边延续着各自的历史。它目睹了太多的烽火狼烟、沧桑巨变，当然也有友好往来……

在边关，同一座山可以种植不同的信仰，同一条河可以承载不同的语言，同一棵树可以开出不同的花朵。在有形的界碑与无形的理念之间，在默默无闻的牺牲与实实在在的对生的渴望之间，你会感到一种悲壮，一种纯洁，一种爱，让你热血澎湃，热泪盈眶，使你勇敢高尚，义无反顾……

在这本书里，我将带着你，一起走马边关，走进那些我们难以涉足的秘境，走上我们心灵的净化之旅。

第一程　在喜马拉雅南麓

把风沙嚼碎了，咽下；

把寒冷嚼碎了，咽下；

把海拔嚼碎了，咽下；

把一切艰难嚼碎了，咽下……

第一章
把风沙嚼碎了，咽下

从西藏的一个地方到另一个地方，其实就是从一个海拔高度走到另一个海拔高度。

在西藏，高原反应会让你无处可逃。即便离开，你最多也只能从一个高海拔地区逃到一个海拔稍低的地方。对一个被高山反应折磨的人来说，你还是无法逃脱那种痛苦。你只能适应。

2015 年，我从日喀则出发，苍穹高远，丽日白云，大地在不知不觉中抬升，待原本模糊的喜马拉雅山脉逐渐清晰，就到了岗巴小城。看见它时，会倍感突兀，心中疑惑：这样一个地方怎么会有这么一个人类聚居地？随之也会惊喜，好像在荒凉的月球表面找到了人类的居所。

岗巴县位于卓木雪山和康钦甲午雪山附近，地处喜马拉雅山中段北麓，紧靠珠穆朗玛峰，是一个雪山环绕之地。

全县地广人稀，在 4000 多平方公里的土地上，仅生活着万余人口，是共和国"平均海拔最高、自然条件最差"的地区。

岗巴边防营担负着近十座海拔 5000 米以上雪山和近 20 个通外山口的边防巡逻任务。每条巡逻线路都很难抵达，险象环生；有些山口长年风雪弥漫，风力可达 10 级。

人们对岗巴边防营军人的评价是：岗巴军人，没有吃不了的苦。

这是他们所处环境和执行的任务决定的。

以前，为方便给哨所官兵运送物资，上级为营里编制了几十头骡马。这些强壮的"新战友"，虽有"高原之舟"的美誉，但来到驻地没多久，就相继死去。后来，上级又送来了几十头牦牛。遗憾的是，这些牦牛也没坚持多久，就陆续倒在了运送物资的道路上。

肖顺海对我说，生活在这里的人，感觉生命就像一块随时可能坠落到石头上的玉。但他已把自己的生命在这里放置了很多年。他 1995 年从四川富顺入伍后，就来到了藏南边防。2008 年，他到岗巴边防营一连任指导员，后任岗巴营教导员。他觉得自己应该算是个岗巴人了。他有了当地人的肤色、疾患、生活习惯和看待世界的方式。他已把自己从一块玉变成了一块岗巴石，似乎可以随便摔打了。

他知道岗巴植物稀少，所以来时带了一株仙人掌。仙人掌长得很繁茂。他说他以后离开，会把这株花留下，"只可带花来，不准带花走"，这在岗巴已相沿成习。

在岗巴，绿色尤为珍贵，所以会流传士兵与树的故事。有人戍边三年，看见树会拥树而泣。在内地再平常不过的树，那个时刻，在士兵眼里就已有亲人久别重逢的感觉。

在岗巴很难看到树。县城亦然。因为这里海拔太高，河滩上的牧草一从冰冷的泥土里冒出来，就变黄了。但在边防营四连驻地有一大片红柳，计有148棵（丛）。它是这里的森林，是岗巴军人在"生命禁区"创造的奇迹。

由于自然条件恶劣，这里自古以来就不种树。当地人心中无树，他们是这么认为的，树长在它能长的地方。也有人骑马走很远的路，到有树的地方去看树，他们觉得，那只不过是另一种长得更高的草。

但四连的官兵想试一试，看树在这里是否能成活。他们种树，本身是自己需要一种安慰：你看，这里树都能活，我们在这里戍守边防也不会有什么问题。

人和树就是这么一种关系。人最早是从树上下来的，树是人类最古老的家园和故乡。树多的地方，人就活得滋润。

树苗是从300多公里外的日喀则抱回的。好几百棵。官兵们挖地三尺，掘开冻土，拌上羊粪。成排成行，为抵御大风，用木棍支撑，用绳索绑束；冬天，先用旧衣服包裹枝干，再用塑料薄膜把树罩住。终于，有近200棵红柳的根扎进永冻层，活了下来。最终，活下来的是这148棵（丛）。

既然树能活下来，那就可能种活蔬菜。

边防营所属边防连队，每年10月大雪封山，与世隔绝。以前，官兵们一年有9个月只能吃罐头和干菜。于是，在"生命禁区"种出蔬菜就成了岗巴军人的新梦想。

就像没人想着在岗巴栽树一样，这里也一直没人种菜。种菜的活儿比种树精细，要掘地三尺，把冻土刨开，拉走，再从绿洲上拉来熟土，撒上羊粪，建起半地下温室。岗巴的风大，为防止温室玻璃和塑料大棚被风刮坏，要建两米多高的挡风墙。好在辛劳没有白费。当年，小白菜、萝卜、青菜、洋葱、土豆就在岗巴落了户。接着，岗巴又试种了黄瓜、南瓜、青椒、茄子。现在，我看到每个连队都建了蔬菜温室，总面积有3万多平方米。即使外面冰天雪地，温室内也会春意盎然。

植物是生命的映照。在"生命禁区"，更是如此。

你如果来到岗巴边防营，连队干部一般都会带你去参观连队的温室。在他们心目中，那不仅仅是种植蔬菜的地方，还是他们心目中的花园，是个可以看到绿色、看到花朵、看到春意、寄托乡愁的地方。他们希望与你一起分享。

在有限的生机面前，官兵们要时刻面临生死考验。即使你端坐不动，生命也在被剥蚀，像一块被锈蚀的铁，像一块正在风化的石头。这种剥蚀对有些人缓慢一些，对有些人则格外剧烈。

肖顺海记得自己当兵的时候，连队没电，1995年下大雪，连队的柴火没拉够，取暖一下成了问题。气温骤降到零下 30 摄氏度。所有的液体都被冻住了，一夜可结 3 米高的冰柱。大家就到雪里刨牛粪，把连队原已掩埋的破胶鞋挖出来烧火取暖。但晚上还是冻得不行，即使盖三床被子再加上皮大衣，还是冻得难以入睡。

对于艰苦，大家已经习惯。肖顺海也很少把它放在嘴边。营房里有地暖，建了阳光棚，电视有信号，蔬菜肉食随时可以供应，条件已经好多了。他很知足。

肖顺海得了痛风，这是岗巴的"流行病"。痛风一旦发作，痛得剜心刺骨，欲生欲死，难以忍受，也无法描述。

当时，全营得这种病的有 30 余人。

另外就是掉发。20 岁左右的小伙子，也会秃顶。

从云南玉溪入伍的彝族战士者德海是四连的下士班长，2009 年 12 月入伍到岗巴。开始是掉牙齿，一掉好几颗，他吓住了。因为他当时才 20 岁，离老得掉牙的年龄还远着呢。有战友开玩笑说，他在换乳牙。他笑不起来，手里捏着自己的牙，说自己可能未老先衰了。这还没完，2014 年 3 月份，他的头发又一团一团地往下掉。洗头时，脸盆里全是头发。接着，眉毛也掉。

营部驾驶员吴鑫中士也是如此。他比者德海早入伍一年，比者德海早掉发一年。他和者德海的头发都是一团一团地掉，跟"鬼剃头"似的。

还有个叫杨春的战士，10天时间，头发全部掉光。不仅把他自己吓住了，把其他战士也吓得不轻，都想办法去护自己的头发。

许其伟中尉当时才27岁，但6年前开始掉发，4年前就已秃顶。他每次回家都治，什么方法都用了，但没有什么效果。那时，他内心早已看破红尘般坦然。

当时，全营正在掉发的有17人。

对于自己的形象，吴鑫很在乎。这也难怪，他和贵州师范大学的女友正在恋爱。相比之下，者德海要淡定一些。他说，这玩意不要命，不要紧，说不定服役期满，回到内地，把脑袋往氧气里一泡，头发就噌噌噌地长出来了。

这种伤害来自无形的、没有一点儿声息的敌人。你无法和他直接面对。

岗巴边防连与营部紧邻。从海拔4700米的连部到其驻守的5010.4高地高差只有310米，但彼此距离达4公里。小路若羊肠，要走3个多小时。

连队官兵轮流上哨，由一名班长带领多名战士驻守一年。哨所由碉堡和山洞组成，碉堡里住两人，剩下的人住山洞。饮用水从山下挑，饭菜以野战食品为主。

观察哨每天都要去，要携带观察器材、干粮和水。有人去观察哨，有人留守。上面风大，有时能把人吹翻，所以只能趴在地上，在一个秃山包后隐蔽观察。早上去，晚上回，其艰苦程度可想而知。

　　顶嘎边防连所属开鲁山口的巡逻更加艰苦。这条巡逻线路共计30多公里,除10余公里可以乘车,其余都要徒步。巡逻队都是凌晨2点起床吃饭,3点出发。起点海拔4000米,虽是6月,却寒意逼人。开始可乘车,但翻过第一座山后,车就不能前行了,只得负重20多公斤,徒步爬山。刚开始,灌木等植被也很茂密,山越来越高,气温越来越低,最后只见草皮、石头和雪山了。到达最高点——哈达山(当地人的叫法),海拔已达5600米。这是一个大风永不停歇的山口。尘土早被风刮走,只余大大小小的光滑石头。在一个大石堆上,插着许多木桩,木桩上挂满了猎猎飘扬的哈达。登上这个山口,还得由此下山,继续前行10多个小时。

　　下山最难,高差1000多米,全是深沟。行至沟底,涉过河之后,再翻下一座山……体力一次次消耗,一些战士恨不得从山顶直接滚到山下去。最让人难受的是变化无常的天气——山下天晴、半山落雨、山顶飞雪。一日经历春夏秋冬,衣服湿了干,干了湿。如果一路顺利,晚上七八点可回到连队;如果不顺,半夜也回不来,去一趟要10多天才能缓过劲来。

　　岗巴边防营的最高控制区海拔为7107米。抵达巡逻点位至少也要到达海拔5900米。一般人如果不具备军人般的坚强意志和毅力,是很难完成任务的。

　　一次,三连18名官兵到海拔6400米的曲登尼玛山口巡逻。巡逻车爬到5200米的山腰就抛锚了。当时，已是黄昏，连长刘先定命令弃车前行，必须到达点位。狂风夹着大雪，漫天飞舞，官兵们在没膝深的积雪中艰难前进。气温太低，大家嘴里冒出的热气只要能沾到东西——无论衣领、眉毛还是帽檐，都会立马结成白色的冰碴，棉帽和脸冻在了一起；氧气太少，每个人脸色发青，嘴唇发紫，眼冒金星。有4名战士相继昏倒，滚下雪坡。刘先定和其他战士呼喊着将他们救上来，搀扶着继续向点位攀登。就这样，他们在风雪中，冒着近零下30摄氏度的严寒，挣扎了整整一夜，于次日清晨7点，终于在太阳抹红东边的天际线时，到达了位于雪山顶上的巡逻点位。

冰雪把界碑掩埋了，要找到它，看它是否完好，才算完成任务。大家只能用手扒开积雪。因为海拔太高，高山反应非常厉害，好几个战士趴在雪地里，晕倒了。寻找了两个多小时，终于把界碑找到了。待把界碑擦拭干净，每个人累得一点儿力气也没有了。但在高山反应和严寒的夹击下，他们不敢停留，赶紧从雪山上一段段往下滑。

对于这样的巡逻，大家不但毫不畏惧，反而对能够参加倍感光荣。因为边防军人最伟大的工作，就是巡逻到点到位；最最伟大的事，就是不失寸土。

高原是把磨人的剑，对官兵们的折磨，无疑是明目张胆的。

肖佑恩从战士到副教导员，在岗巴整整干了12年。

长期在高寒缺氧条件下生活，他的脑神经功能过早地退化，双眼多次出现间断性失明。教导员曹型明在岗巴工作了17年，患有严重的痛风病。每次发作，都痛得打滚。可他不愿离开岗巴。他说，想想那些牺牲的战友，他是幸运的。

老哨长胡同德，在查果拉守卡11年，心脏肿大，转业回到内地半年就病逝了；从军校毕业来到岗巴的颜世文，第二年就患了高原性肝硬化，病逝时只有22岁；机要参谋倪建华，在岗巴工作两年半后，死于高原性败血症，年龄也只有22岁。

牺牲在岗巴的，还有他们的亲人：老连长王海的妻子刘玉菁千里迢迢从广东来到岗巴探亲，到达的当天就被脑水肿夺去了生命；老战士黄颂的未婚妻刘燕从四川老家来连队完婚，到岗巴的第三天，突患高原肺水肿，昏迷后再也没能醒来，年仅21岁。

> 把风沙嚼碎了，咽下；
>
> 把寒冷嚼碎了，咽下；
>
> 把海拔嚼碎了，咽下；
>
> 把一切艰难嚼碎了，咽下……

在岗巴营官兵口中传诵的这几句诗，很好地说出了岗巴边防军人的气概和胸怀。

第二章

谁能上到查果拉

　　如果从营部出发到查果拉，就要从海拔大约 4700 米的岗巴爬升到海拔 5318 米的高度；如果从连部出发呢，那就得从海拔约 4000 米的上康布村爬升到海拔 5318 米那个高度。前者的高差并不明显；后者就是一路仰望着前行——如果想要这种感觉更明显，你可以从海拔约 2900 米的亚东出发——整个旅程如同梦境，感觉如同登月。

　　查果拉无疑是个小地方，但即使这里的一星尘埃，也与世界屋脊相连。

　　顶嘎边防连所处的上康布村就位于庞大的喜马拉雅山脉一条倾斜的山谷里。这条山谷头枕堡洪里雪山气势磅礴的冰川，下接植被丰茂的亚东河谷。冰川融水汇成一条明亮的溪流，在谷底流淌，汇入亚东河，然后流淌到更远的地方，最终汇入印度洋。村里有多眼温泉。据说每眼温泉都有不同的功效。整个村庄和平、安宁。连队的营房建在一面山坡上，与村民装饰华丽的藏式民居相比，显得十分简陋。

任何刚来这里的人，都会为这里老百姓生活的富足感到惊讶。富裕的生活使每个人脸上都带着满足的微笑。

连队的官兵对每家每户有多少头牛、多少只羊，老人高龄几何，孩子在哪里读书，哪个人有什么难处，谁家需要连队帮助，都心里有数。无论是大人小孩，见了战士都会打招呼。战士们见了村里的人，也会老远就问候。在这里，军民是一家人。

总之，顶嘎的海拔虽然也超过了 4000 米，但可以看到村民，看到流动的溪流，看到炊烟，听到村民的歌声，听到鸡犬之声，显然像个世外桃源。

但战士们还是想去查果拉。

查果拉高高矗立在喜马拉雅山冰峰雪岭之间，属岗巴边防营顶嘎边防连的前哨，扼守堡洪里雪山平坦的扬米山口，其最高点位则在雪山分水岭上，海拔 6900 余米。含氧量只有平原的 35%，年平均气温在零下 10 摄氏度以下。这里是"伸手可摸天"的地方，是西藏边防海拔最高的哨所。哨所 5 个固定的巡逻点都在海拔 5500 米以上，是永冻层，是生命禁区……

对于脆弱的生命来说，查果拉就像一个暴虐的屠夫。一位将军曾经说过，查果拉军人的这种牺牲是漫长的、默默无闻的，环境对身体的危害每时每刻都在起作用。从某种意义上说，这种牺牲比战场上的牺牲更难承受。

战场永远是吸引英雄的地方。所以这吓不倒顶嘎边防连的官兵。每个人都把能戍守查果拉视为一生的荣誉。

一位下士的话说得明白：当兵就要上战场，在和平年代，对我们顶嘎边防连来说，查果拉就是个战场。另一位上等兵接着说，每年当兵进藏的成千上万人，但能分到顶嘎边防连的有几个？到了这里，如果上不了查果拉，那就白来了，相当于你上了战场，却不能上阵冲杀，只能在一旁着急，那算什么？

但是，每次能上查果拉的只有 20 余人，所以并不是每个想去的人都能去。

谁能上到查果拉？每到这个时候，即使再好的战友之间也会充满竞争。方式是写申请，找连队干部当面要求，有人甚至写血书，还有的人把申请书直接交到了营里。理由很多：我军事素质最好，我边防执勤经验最丰富，我身体最棒；还有的说自己已申请好几年，再不让上去就是连队干部办事不公；也有人说上查果拉是自己一生最大的心愿，好些人说自己年底就要复员，这是最后的机会。

所以上哨前那段时间，都是连队干部，特别是连长、指导员最犯难的时候。

谁能上到查果拉成了连队最敏感的问题。

为此，连里规定：身体有疾患的不予考虑；思想不稳定的不能上去；平时表现不优良的以后再说；除了特别需要的骨干，已上过查果拉的不能再上。在此规定下，严格落实如下程序：个人申请、班排推荐、支部研究、名单公示、上报营党委通过。

一些人来年再争取，也有永失机会的人抱憾复员，将上查果拉视为一个未圆的梦。

但是，当时顶嘎边防连副连长刘定忠已准备三上查果拉了，这让全连官兵很是羡慕。

刘定忠半开玩笑地说，他作为干部，可以享受"特权"，不受规定所限。其实并非如此。查果拉哨长由连队副职担任，考虑到干部身体的问题，副连长和副指导员轮换，必须隔一年才能上去一次。任职三四年，一般也只能上去两次。

刘定忠2009年从昆明陆军学院步兵指挥专业毕业后，分到了著名的岗巴营，在岗巴边防连任排长。他是彝族，祖居云南丽江华坪县，身体壮实，一米八的个子，是个俊逸如骏马一样的军人。

他有个叔叔曾在甘巴拉雷达站服役，得知他军校毕业分到西藏后，就说这是个好机会，让他一定要到最艰苦的地方去锻炼一下。他知道西藏最艰苦的地方当属查果拉，就到了岗巴边防营。他当时有个心愿：叔叔曾在空军海拔最高的甘巴拉雷达站工作过，他也要去陆军在西藏海拔最高的查果拉哨所，没想到最后被分到了岗巴边防连。这意味着他很难有机会上查果拉了。

但就在刘定忠当排长第三年的时候，机会却意外地来了。由于当时的顶嘎边防连副连长和副指导员都已经三上查果拉，再上去，对身体的伤害很大，营里正在考虑怎么办。他得知这个消息，当即就给营里递交了申请书。

他是老排长，综合素质过硬，又带过新兵，全营的很多战士他都了解。营党委通过研究，同意他担任哨长。这样，他作为岗巴边防连的排长带着顶嘎连的战士，上到了查果拉。他也成了唯一作为排长担任查果拉哨长的人。

刘定忠对第一次上查果拉的印象尤其深刻。

高原更高的地方也更荒凉。右侧的堡洪里雪山蹲伏在荒凉的最高处，时远时近，银光闪烁，向阳的一面如巨大的反光镜，刺人眼目。雪山顶上风云变幻，没云的地方天空湛蓝。沿途都是那种没有边际的荒原，在人们毫无知觉时，它在偷偷地缓慢抬升，不动声色地把人引到一个危险的境地。

只有堡洪里雪山永在视野之内。即使查果拉如此有名，在军人心目中是一个带着血性的高度，一个精神的高度，也只能知道它的大致方位：在那列雪山下面。

刘定忠和战士们慢慢进入沟谷。两边是金黄或赭红混杂的颜色：赭红的裸岩砾石和一冒出地面便被寒意染上秋色的疏浅牧草。偶尔有几头黑色的牦牛，因为野放，已变得野性十足。它们点缀其间，使天地的气象更为宏阔。

终于能看到那个哨楼了。它高耸在一座高岗之上，残雪斑驳，好像紧贴着雪山。从沟底盘旋而上，山顶的雪有的已被风刮走，没被刮走的积雪好像被夯实过，跟石头一样坚硬。

除了哨楼，其他的生活设施都在地下。哨楼外墙的涂料被风刮起的砟石剥去了，露出的水泥也被击打得一片斑驳。

看不见风，只能听见它的怒吼尖啸。四周像有一群隐形的饿狼。

想走到那个刻有"查果拉主峰"的石碑前，但风把战士们一次次扯开。

雪如箭，风如刀。

顶风而行，睁不开眼睛。把手机拿出来拍照，手立马就被冻得针扎一样痛，然后麻木，要多坚持几秒，就会被冻得失去知觉。

抬起头来，西边那列雪山兀然而立，与哨所隔着不知多少道山梁，显得远了，却异常清晰，可以看见每条沟壑，每道冰川。它过于雄伟，气势逼人，让一切显得卑微。我们这些人类，在它眼里如同微尘。

刘定忠当排长的岗巴边防连海拔4800米，条件已经够艰苦了。他在那里生活3年，觉得自己对高原的生存环境已有所适应，到5300多米的查果拉应该没有什么问题。没想他到哨所后，高山反应还是非常厉害。高原无情，它的每一厘米海拔都有自己的威力。

他头痛，像谁在把脑髓往外掏；吃不进饭，不想喝水；老想呕吐；睡不着，好不容易睡着了，一两个小时又醒了。晚上，只有呜呜的风声，没有间断，无始无终的一团，不断从哨所外涌过。月光像雪光一样惨白，星星过于繁密，星河过于灿烂，星空过于平静，映照得哨所里的人更加孤独。他看了一眼战士们，大家都睡着，像是睡得很安稳。他比那些列兵、上等兵要大几岁，跟那些士官年龄差不多，但他的角色决定了，在这里他永远是个长兄，是这个被荒芜包围的家的一家之长。

他舒了一口气，小心地、悄悄地坐起来。没想到紧接着，战士们一个接一个，也都跟着坐起来了。一群被高山反应、被失眠折磨的男人，都没有说话，都只是那么安静地坐在各自的床上。

好在通过服用抗高山反应的药物，一星期后，大多数人有所好转，开始适应哨所的生存环境。

但有个叫史飞的浙江籍战士高山反应还是非常厉害。他被折磨得起不了床，一下床就天旋地转，吃了抗高山反应的药，吸了氧，还是用处不大，一周后仍无好转。

史飞大学毕业后，进入一家大型国企工作，在全市的技工比武中斩获过第一名，很受企业重视。因为他父亲想当兵而未能遂愿，便让儿子来圆梦。他来到西藏，就要求到查果拉，最后也如愿上来了，不想会如此不堪。刘定忠要送他下山，他坚决不干。他说如果倒在这里，真起不来了，就把他埋在主峰上。他最后熬过来了。战友们说，感觉他是用半条命熬过来的。他觉得那是人生中最有意义的一段时光。因为他战胜了自己，也战胜了高原。

战胜高山反应后，另一种痛苦接踵而来，那就是气候。天气好的时候，大风每天中午 12 点开始刮，到凌晨后慢慢停息；天气不好的时候，一天 24 小时怒吼。很多时候风中夹雪，风雪交加，六七月份也是如此。即使这样，还得上哨，到主峰山顶去执勤观察，两小时轮换一次。为了防止人被风刮走，大家会用背包绳把自己绑在石碑上。

当时条件有了质的飞跃。修建了学习室、厨房、饭堂、阳光棚和宿舍，都是地堡式的，可以挡风、保暖；又在哨楼和宿舍之间修了彼此连通的坑道，可以从位于地下的宿舍直接到哨楼里。天气好时可用太阳能发电，天气不好时则用那台 50 千瓦的发电机。2010 年，总部配发了一台大型制氧机，可保证整个哨所的人每天吸两个小时氧。每天中午和睡觉前各吸一个小时，这是硬性规定。营里对哨所的伙食进行特殊保障，除非大雪封山，什么时候没菜什么时候往哨所上送。上哨所前，岗巴营要求所属每个连队为哨所提供 100 本书，从哨所下来后，归还各连队，次年再更新。这的确是一个好办法，可说是一项具有创造性的工作。

但对于查果拉来说，很多东西是永远改变不了的，比如缺氧、无休止的大风、寒冷、荒凉……战士们甚至无法在查果拉种活一棵树。

除了巡逻执勤和训练，刘定忠会组织大家看书，就某本书进行讨论；看看电视，放战争片影碟，在阳光棚里打打双扣、玩台球，在点唱机上唱唱歌。总之，他会尽量把大家的业余时间安排得有意思。

刘定忠第二次上查果拉是2013年。当时的副连长藏族人米玛欧珠带队上查果拉前，已知道孩子的预产期可能就在那段时间。但他怕营里知道后，影响他到哨所去，所以没给任何人说。他想得很简单，爱人生孩子，有岳父岳母照顾，自己也帮不上忙。在查果拉与爱人和孩子之间，他选择了查果拉；在家事与国事之间，他选择了国事。

到了哨所，他多次遥望拉萨，祈祷母子平安。

妻子在岗巴县电视台工作，娘家在拉萨。长期身处高海拔地区，身体自然受到影响，所以他也隐隐有些担心。

没过几天，米玛欧珠妻子的家人把电话打到了连队，说他妻子难产。连长张敏得知，马上安排刘定忠代理查果拉哨长，于次日一早将他送上哨所后，把米玛欧珠直接送到岗巴县城。

米玛欧珠赶到日喀则，再从日喀则乘坐前往拉萨的班车，他边往回赶，边打电话，在返回拉萨的路上，他得知妻子已转危为安，并生下一个女儿。听到这个消息，他舒了一口气，心情一下变好了，觉得西藏的天空格外美、格外蓝、格外辽阔。

到妻子身边已是三天后。母女俩死里逃生，一家人见面，恍若隔世。

但米玛欧珠时刻想着查果拉，陪着爱人和孩子才四天，他就待不住了。

妻子看出来了："我看你的心被哨所牵扯着呢。"他要说什么，妻子制止了他："我和孩子能看到你就行了。我知道你放心不下哨所。"

他怕妻子伤心，赶紧说："没有，我要陪着你和孩子。"

"我还有爸爸妈妈照顾。你还是回去吧，我和孩子再过几天就可以出院了。"

"那怎么行呢？"

"我知道哨所事大，不能出任何一点儿问题。你就去订票吧。"

第二天，他告别还在住院的妻子和出生才一周的女儿，坐上了返回连队的班车。

米玛欧珠一到哨所，大家都不相信他这么快就回来了。刘定忠刚适应高山反应，埋怨他说："你说过你只要一个孩子的，你就不能多陪孩子几天？"

他开玩笑说："女儿知道我是来守查果拉的，她长大了不但不会埋怨，还会以此为荣呢！"

"你就不能让我在这里多待两天啊？"

"不行，我好不容易才轮到当这个哨长。如果不是我女儿出生得不是时候，你一天便宜也占不成的。"

这次代哨的时间虽然短，但连队确定 2014 年谁上查果拉担任哨长时，有人提出，刘定忠已经上过两次查果拉，不该再上去了。

刘定忠一听就急了，说自己去年是替米玛欧珠代哨，前后只待了 10 天，不能算。

他和他的兵当时就在查果拉。他说，有一群灰狼迁居到了哨所附近，终于有了邻居。他还说，堡洪里雪山似乎没有他第一次上去时那么气势逼人了。因为没有一个战士在它面前屈服，哨兵挎枪而立，每日每时每刻面对它，与它对视，让它的高度变低，让它的气势变弱，达到彼此平等了。

查果拉就是这样一个地方，虽然一代代成边人的足迹了无踪迹，但可以感觉他们的精神以一种超自然的力量永存于此，八风吹不动。

第三章

扎增的梦想

在扎增离开故乡前往太原上学之前，他还从来没有离开过曲洛乡，从来没有在海拔4400米以下的地方生活过。曲洛乡属于西藏阿里地区措勤县，它过于遥远，很少有人听说。他的父母都是牧民，常年在藏北高原游牧。他熟悉藏北月球表面一样荒凉、辽阔的大地，高耸的冈底斯山和喜马拉雅山的雪峰，无边的寂寥，漫长的冬季……这些陪伴他度过了童年和少年时光。

扎增的父辈大多只盯着自己那群羊。羊寻找牧草的地方就是他们的天地。他们的人生大多被困在方圆百里的荒凉地区。而扎增喜欢遥望远方。上学让他的梦想延伸，他梦想到遥远的内地，到氧气很多、树很多、花很多的地方，而他最大的梦想是成为一名解放军战士。

2000年6月，他迈出了梦想的第一步，考入了太原西藏中学。

曲洛乡很少有人到过内地。扎增的父母还没有听说过这个地方，他也还不太清楚太原的方位。他找来地理书上的中国地图，给父母说，太原就在北京旁边。

谁都知道北京。父母放心了。

扎增在四个孩子中排行老二。他 1986 年 9 月出生，离家时才刚满 14 岁。这个藏族少年第一次离家远行，就是到一个万里之遥的地方。

"扎增要到北京旁边的太原去上学了！"这个消息很快就传遍了整个措勤县。曲洛乡还是第一次有孩子到那么远的地方去上学。人们奔走相告，好像藏历新年提前到来了。他们都到扎增家祝贺。扎增的父母一个劲儿说，国家太好了，把儿子接到内地去读书，吃住都是国家管，这在过去，只有噶厦家的少爷才有这样的机会。

扎增当时对路程的遥远没有概念。乡亲们最远也就到过狮泉河镇，他们想象太原应该比只有几条街道的狮泉河大一些，但他们无法想象那么遥远的地方怎么到达。听说扎增到拉萨后将乘飞机。没有人坐过飞机。他们又想象飞机该是多么大的一只鸟，才能载着人飞那么远。这些因素使大家顿时对扎增这个少年有了无比的敬意。

离开家的时候，几日来的兴奋变成了离别时的伤感，一家人都流了泪。

母亲拉着他的手说："扎增，我们家世代放羊，以前没有一个能识字的人。你去了一定要好好学习，你14岁了，要像个大人的样子。"

父亲流的泪最少，他叮嘱扎增："国家给了你这个机会，多么难得！你一定要珍惜这个机会，来报答国家的培养。"

父亲用牦牛驮着他的行李，送他来到县城。

从措勤到日喀则当时没有客车。父亲看他爬上一辆东风卡车，就骑着牦牛回家了。

扎增坐在卡车里。坑坑洼洼的搓板路非常难走。车不停地颠簸，稍不注意，扎增的头就会撞上汽车篷布。尘土不停地扑进来，在车厢里翻滚，令人窒息，还没走多久，扎增就成了泥人。开始两天，他不停地呕吐。他趴在车厢板上，每次都觉得把五脏六腑全吐出来了。

那时候，从措勤到日喀则全是土路。路上不时会遇到落石、泥石流造成的损毁路段。每当此时，就只能停车，大家下车一起把路修通后再走。扎增虽然想早点到达，但坐在车上实在遭罪，所以每次车停下来，他都很高兴，觉得自己又活过来了。

走了六天六夜，扎增终于看到了高耸的布达拉宫。

几天颠簸下来，扎增变得更瘦小了。因为吃了一肚子尘土，他觉得身子更沉了。他后来说，他到太原好久了，还感觉那些泥土没有消化掉。

扎增在拉萨坐上了飞机。他特意要了一个"可以看外面的座位"。他俯瞰高原大地，俯瞰河流山川，感到从未有过的新奇，觉得自己成了天神，在注视凡尘俗世，人间万象。

乘机到达西安后，扎增又乘坐了从西安到太原的火车。他是第一次坐那么长的车，感觉比坐飞机还要新奇。当时真有同行的孩子说这样的话：这个火车趴着都跑这么快，站起来那还了得！

自踏上旅途，扎增满眼都是新奇的世界，把曲洛老家忘到九霄云外去了。待他抵达学校，安顿下来，他才发现自己是多么想念家乡和亲人。但他已不知道离故乡有多远了。他感到自己来到了一个梦境。他特意找来一张中国地图，查找了半天，才知道故乡已在万水千山之外。

学校的教学、学习和生活条件都很好。和来自西藏各地的小伙伴熟悉后，这里成了他的新家。

氧气太多，他从生下来从没有一口吸过这么多氧。每呼吸一口，都有沉醉的感觉。他的头脑昏昏沉沉的，他不喜欢这种感觉。他相信老师的话，过一段时间就会好起来。他想起了父亲的话，国家把他接到内地来，要花费很多钱，一定要好好学习。

吃穿住包括学习用品全由国家负担，这里真的就是家。先学一年汉语，再学初中课程，所以初中要读四年。这四年他没有回家。父母可来探望，但他父母没有来过。学校有公用电话，别的同学可以打电话给家人。但他家没有电话，也没人用手机，隔两三个月，他父母会到乡上，给他打一次电话。

初中读完，扎增18岁，已是翩翩少年。他想从军，他觉得这是报效国家的最好方式。他听说昆明陆军学院藏族高中班要招60名学员，就当即报名，先体检，体检合格后再参加文化考试。他最终以500多分的成绩顺利通过。

这也宣告他初中生活的结束。他们将被统一送回西藏。他又开始了漫长的返乡之旅。

四年没有看到藏北的日头，没有吹过高原凛冽的风，没有仰望过冈仁波齐，没有眺望过无限远的远方；他已四年没有在简陋的毡房里住过，没有吃过父亲做的风干肉，没有喝过母亲煮的酥油茶……那个远在天边的故乡使他倍感思念。

他在拉萨下了飞机，乘班车到了日喀则，然后坐上了回措勤的汽车。

父母在县城等他。他看见爸爸妈妈变老了。父母看到儿子已经长成一个大小伙子，竟有些陌生。父亲拉着他的手，说你都长这么高了；母亲心中，他还是走时那个少年。她摸着他的脸说："你变白变胖了，我的儿子还从来没有这么白胖过。"

见到父母，扎增和父母一样高兴，他们一会儿笑，一会儿抹泪。

扎增在家里待了两个多月，然后再次离家，踏上求学的长路。这次的目的地是昆明。

进入军校后，他很激动。这是他的梦想之地。

高中享受义务兵待遇，虽无军籍，但穿军装，领义务兵津贴，学习和生活都实行军事化管理，作息时间与军校一致，只是不参加军事训练。他觉得这里一切都好，他只是从措勤那个家搬到了太原，又从太原那个家搬到了昆明。

为了成为名副其实的军人，扎增高中三年都没有回家。除了刻苦学习，他还注意锻炼身体。三年后，他参加全国统一高考，除了高考规定的科目，还要加考藏语——他们一直配有藏语老师。参加完高考后，他再次回到故乡。

2007年8月，他收到了昆明陆军学院的入学通知书，成了步兵指挥专业的一名学员。他是措勤县第一个考上军校的青年。他和父母激动得抱头哭了一场。这件事在曲洛乡，甚至措勤县都很轰动，人们说他是"飞出了高原的雄鹰"。

扎增热爱军旅生活，军校三年，他感觉没有完不成的任务。全中队50多名学员都是藏族人，大家都和他一样。他们中队是学院最优秀的中队。

2010年7月，扎增军校毕业后，分到了驻西藏亚东边防某部，任边防一连排长。他虽是藏族，自小在西藏长大，但在内地读书十年，身体也常被高山反应折磨。亚东河谷植被丰茂，但哨所多在海拔4000多米的云端，在河谷时醉氧，上了哨所缺氧，在谷地和高山之间往返，就会不断在醉氧和缺氧之间折腾，身体更受不了，但他似乎从来没有把这件事放在心上。他的梦想是到詹娘舍或乃堆拉这些海拔更高的连队去工作。2013年，他如愿以偿，担任了乃堆拉边防连的副连长。

他说他能走到今天，就是因为他在小时候遥望过远方，这使他有了梦想。

第四章

乃堆拉的日常生活

乃堆拉的藏语意思是"风雪最大的地方"。这里的公路贸易通道，每年只有 4 月至 10 月可以通行，对被喜马拉雅山脉阻隔的中印两国来说，它也是条件相对较好的陆路贸易通道。历史上，通过乃堆拉山口的贸易路线是茶马古道和丝绸之路的一部分。亚东便是这条线路上最大的商埠。

乃堆拉前哨雄踞中印贸易通道两侧。这里是真正的前哨，两军哨位仅隔一道低矮的铁丝网。哨兵面对面伫立，可看清对方的毛孔，能听见对方的心跳，感知对方的呼吸。和平时期，手可以隔着那道铁丝网伸过来、伸过去，友好相握。

其实，目光、瞭望孔、射击孔、堡垒……一切都是相向的。这使那道积雪永远也难以完全消融的山脊显得格外森严，加之云遮雾罩，使整个前哨因笼罩着神秘气氛而显得难以探测。

双方都养了不少狗，成为前哨一道独特风景。它们眼无边界，自由往来，生儿育女，吠声相闻，但各为其主，一有异动，便给己方主人报警，立场从不动摇。

站在山巅的哨位上，可以俯瞰雪线下郁郁苍苍的绿色。即使在雪线附近，也有绵密的杜鹃会在六七月间盛开。但每个刚来这里的人都会缺氧，对一个战士来说，这是第一个挑战。其次是寒冷，山巅的寒意没有阻挡，直接刺入人体，加之风的作用和空气的潮湿，使严寒感倍增。很多战士的手脚、耳朵和脸都被冻伤过。

惠勇是乃堆拉哨所观察班上士班长。2002 年 12 月，技校毕业的他从陕西榆林入伍。从列兵到上士，他一直坚守在前哨。

惠勇当兵乘飞机进藏时，看到机翼下白色的山脉无边无际，如白色海，心里就有几分害怕。到拉萨，坐上汽车团的运兵卡车，一路向前，视野里雪山巍峨，河流封冻，原野沉寂，他的心里虽有热血涌动，但也不时掠过一丝凄凉。高原冬日的荒凉似有千万重，永远也难以穿越。但当车队沿着一条狭窄的河谷而下，河流开始解冻，植被越来越多，最后终于看到了一沟绿色，战士们开始欢跃起来。

新训结束，正是亚东河谷春色烂漫的时节，当汽车盘旋而上，感觉是在一路向天行，50 余公里路程间，春夏秋冬、风雨雷电已全部经历。到连部，虽是六月，依然风雪弥漫，军车已不能前行，惠勇是徒步赶到前哨班的。

哨所没有专门的炊事员，战士们轮流做饭，每人一星期。到哨所去的新兵要做的第一件事就是学做饭。惠勇在北方长大，蒸馒头、煮面条还可以，其他饭菜就不会做了。好在老兵们都乐于传授自己的厨艺，他也虚心学习，两个月后，他的厨艺已大有长进，能做出可口的饭菜了。战友来自全国各地，饭菜口味也得大众化，会做饭菜后，他感觉哨所更像一个家了。

惠勇说，在乃堆拉有三个敌人需要长年与之战斗，那就是大雪、大风、雷电。

雪是常年飘飞。每年10月至来年6月为雪季，其中3月至6月为雷雪季，雷电交加，大雪纷飞，那种特异的景象，在其他地方根本不可能看到。封山期则格外漫长，大约10月开始封山，一直封冻到第二年5月底。冬天哨所的气温最低可达零下30摄氏度。而隔着冰雪，可看到亚东河谷满谷绿翠，仿若梦境。

铁锹是官兵们冬天最常用的工具。每间营房里必须放几把，不然就可能出不去。因为一夜之间，积雪就有四五米厚，完全可以把营房掩埋。要到另一处营房，只能从开门处凿雪往来。各阵地之间的路也需要迅速凿通。雪厚的地方打成雪洞，雪薄的地方开成雪壕，有些地方可走坑道。

哨所的肉食可腌成腊肉，新鲜蔬菜则无法存放。所以，冬天哨所除站岗值勤人员，其余的人最主要的任务就是下哨所去背菜。因为冰雪封阻，团里的车只能把蔬菜送到连部。前哨到连部9公里。路上雪厚2米多，到大腿根就踩不下去了。走在最前面的人负责开路，他是最累的，所以得轮流来。一般都是吃完早饭出发，到连队吃完午饭后返回。下山是下坡，有些地方可以直接往下滑，又是空手，一般2小时可到；回来是上坡，每人要背30公斤菜，几乎都是爬行，则要4个多小时；如遇下雪，就得摸黑。

2006年前，只有一条狭窄的土路从连部通往哨所，推土机不能上来推雪开路。一下大雪，就会与世隔绝。

每年10月至次年3月风最大，风速可达每秒12米。风声凄厉，鬼哭狼嚎，地动山摇，人像是身处波涛汹涌的大海上的小船里。

时间都是定好的：晚上起风，清晨风停。屋外的东西都能刮走，甚至整个山头……所以，哨所的东西都得收到屋里去。连续刮风的时候，屋顶的铁皮每晚都会被揭起，吹跑。即使把铁皮钉得很牢，还是抵挡不住风强悍有力的手。就这样，白天找回，钉好；晚上被掀起，刮跑。如此反复。

所以，有风的日子，大家起床后做的第一件事就是去找铁皮。

有时候，风从印度方向吹向我国，印军营房屋顶上的铁皮就会吹入我境；风从我国吹向印度，我军营房屋顶上的铁皮就会被吹入印度境内。我们找到印军的铁皮后会送还；他们找到我们的铁皮后也会如此。

一个风季下来，大家满耳满脑都是尖厉的风声。

这里雨雪前都会有雷电。有时电闪雷鸣会长达数个小时。炸雷贴着山脊、贴着头皮滚过，那种巨响令人心惊胆战；闪电从乌云密布的天空直接击打山顶的岩石、营房、哨楼，电光闪烁，像电影大片里制作的特效。哨所的床都是木床，这样可以绝缘；雷电一来，室外不能背枪，打雷时得赶紧把手中的武器放入枪柜，然后平躺到木床上不动。即使用的是避雷插座，效果也不佳。一有雷电，办公用具就噼里啪啦响。通信机房最易被雷电击中，导致通信中断。其他电器也常被雷电击坏导致不能使用。如果保护措施不恰当，击坏的电视、DVD 机、烧水壶等电器就更多。打雷时，可以清楚地看见窗外铁栏杆在雷电击中时冒出的火花，听见"刺刺啦啦"的声响。在两件连接不紧密的金属器之间，发出的响声则如放鞭炮一般。打雷瞬间，灯泡还能骤然亮起，墙壁上的插座发出"哧"的响声，冒出一缕黑烟。最危险的是锅炉。因为它上面有烟囱，又有铁器，电光直闪，刺人眼目。最惨的是变压器，它经常被雷电击坏。变压器击坏后就要停电，哨所只能用汽灯照明。

亚东雨水丰沛，乃堆拉雨雪更多，但哨所地处山巅，水难留存，所用的每一滴水都需要官兵的辛劳付出，所以非常珍贵。哨所只有雨季和雪季。雨季的饮用水主要靠接雨水，雪季则靠背雪化水。雨雪两季之间，有两个月雨水较少，雪也不够，官兵们则要到离哨所 2 公里外的冰湖凿冰取水。水虽然浑浊发黄，但味道还是比雨水和雪水好，饮用时没有泥腥味。不过从 2008 年开始，这里已新建了具有适应哨所特殊气候的阳光水窖，并配送了饮用矿泉水。

进入雪季后，用电情况更为复杂，由于天气寒冷，电杆经常被风刮断，被雪压断，电线上会结满厚冰，电线杆上的瓷壶会结为一体，这些都会使输电线路损坏，所以哨所停电是经常的，最长的一次停电长达八个月之久。

生存的条件虽然如此艰苦，但一天 24 小时要不间断地站岗执勤，做好观测侦察。哨所自建立以来，从来没有哨兵脱离自己的岗位。

惠勇从当兵来到乃堆拉，就一直守在这里。连队有规定，戍卡士兵每年轮换一次。他一直没有轮换，这是他自己要求的。他已在四班待了 4 年，观察班待了 5 年，重机枪班待了 2 年。他喜欢待在前哨。他熟悉这里的一切：对面官兵的相貌，天上的风雪雷电，脚下的每寸土地、每根细草……他说，只有在这里才有当兵的感觉。

惠勇的爱人孙轶群在山东德州医学院工作，结婚多年，来过哨所几次。妻子出身书香门第，自幼受到良好教育，是一个很有才华的女孩子，写得一手漂亮的毛笔字，是第三军医大学的医学硕士；她爱上只有高中学历的惠勇，一直被传为美谈。

他们 2005 年 12 月相识后，开始书信往来。孙轶群一写信洋洋洒洒两三千字；但哨所生活单调、重复，惠勇写六七百字就无话可说了。虽然如此，两人还是情感日深，2007 年正式恋爱，从相识到相爱，历经 6 年，在 2011 年喜结连理。他们那时周末打一次电话，仍主要靠书信交流。

在前哨，官兵们都愿意忙碌，因为一旦安静，就会倍感寂寞。每每想起自己的亲人，这种孤独感就会更加强烈。对亲人的思念是排解寂寞的最好方式。同时，爱也给了惠勇力量。在海拔 4300 米的高山上，他一口气可跑 3 公里。为方便在边境上和外军、边民进行交流，他坚持自学了英语。

每个在这里坚守的官兵都会付出代价，落下高原疾病。惠勇因长期严寒潮湿的气候得了关节炎，因强烈的紫外线患有眼疾。

"将受命之日则忘其家，临军约束则忘其亲，援枹鼓之急则忘其身。"这是乃堆拉官兵的座右铭。作为边防战士，这种神圣的使命感给了他们坚持下来的力量。

第五章

雪崩

詹娘舍地处中印边境锡金段，位于海拔 4000 多米的雪山之巅。这里空气稀薄，含氧量不足低海拔地区的一半，年均气温在 10 摄氏度至零下 25 摄氏度之间，每年大雪封山半年以上。因其交通不便，物资大多靠肩挑背扛。"云中哨所""雪山高脚屋"是非常形象的称谓，绝不带一点儿夸张。它的高，令人想起都眩晕。它被云雾笼罩的时候多，一般很难看清它的面目。

在这里，"一不怕苦、二不怕死"绝不是口号，而是现实。曾经，哨所常年无水无电：无电还可忍受，无水就没法生存。所以，这里冬天是就近取雪化水，夏天则要攀爬数里悬崖，到山腰处的冰湖背水。就是因为取水，有三名年轻的战士献出了自己宝贵的生命。

那是 2007 年 3 月，詹娘舍地域已连降七天七夜大雪，山口一线积雪厚达 4 米。大雪把哨所完全隔离成了雪山孤哨。

2 日 13 时 30 分,战士于辉和卫生员王鑫在距哨所 15 米处的下山通道处取雪,准备背回去化水。在近 80 度的陡坡上,于辉用铁锹将积雪往王鑫的背囊里装。突然,一声冰雪崩裂的声音传来。于辉脚下的积雪顿时崩塌,连人带锹被雪崩卷到了 300 多米深的悬崖下。

"班长,于辉被雪崩卷走了。"王鑫气喘吁吁、脸色苍白地跑回哨所向班长靖磊磊报告。

"快,赶紧救人!"靖磊磊拿起背包绳,带领副班长梁波,战士杜江南、杨恒升、赵勇和卫生员王鑫飞奔出门营救。

于辉铲雪的地方原本是一面绝壁,因为一个冬天冰雪的堆积,稍有了一点坡度。由于下山通道早被积雪封死,为救战友,靖磊磊坐在铁锹上,直接滑下山去;其他几个人也不顾一切,顺着陡峭的冰雪坡面溜到了悬崖下,然后刨挖冰雪,寻找于辉。当他们从冰雪里刨出于辉时,发现他已受伤昏迷。

寒风呼啸,乌云翻滚,这是雷暴和风雪即将来袭的前兆。

詹娘舍处于北印度洋暖湿气流与喜马拉雅山脉寒流交汇处,因而形成了特有的雷暴天气。每年雷期在 100 天以上,是有名的"雷暴区"。在詹娘舍哨所待过的人都知道雷暴的厉害。战士们把詹娘舍哨所称为"霹雳哨所"。

在詹娘舍，打雷不分春夏秋冬，下雨打雷，下雪也打雷。夏天打雷可怕，冬天更是惊人。由于海拔太高，哨所就矗立在云层里。在哨所听雷，雷声就像在耳边轰鸣，从脚下滚过，电光闪闪，雷霆炸响，地动山摇，让人惊心动魄；闪电喷着弧光裂天而降，能击穿房顶，再把地板打个洞；而滚滚惊雷，就像在屋里打转，让人能真切地体会到"雷霆万钧"的力量。

这样的天气，哨所上最怕的是雷击，而雷击最易引起雪崩。

"快走，要打雷了。"班长靖磊磊说。他将背包绳系在自己腰上，背上半昏迷的于辉，指挥大家往哨所攀爬。

眼前是一个80度左右的陡坡，杨恒升拿着铁锹在前面铲雪开路，副班长梁波带着战士杜江南、赵勇边走边将脚下的积雪踩实，前面的战士每往上攀登一步，就将靖磊磊腰上的背包绳往上拖一步，走在最后的王鑫双手插进积雪中，用头紧紧顶住班长背上的于辉。

当他们吃力地爬到距哨所约一百米的距离时，杨恒升发现上方的积雪断裂出了一道危险的弧线。

"雪崩！"杨恒升的话音刚落，积雪就劈头轰然崩塌下来，大家眼前一黑，身体被崩塌的积雪推卷到了比原先更深的悬崖下。

不知过了多久，靖磊磊第一个醒来。他带着剧痛刚坐起身，一股鲜血就从嘴里喷射而出。他感觉自己的腰部受伤了，疼痛难忍。但他仍用力支撑起身子，去刨被积雪掩埋的其他人。他把他们从积雪里刨出来，一一摇醒。

于辉再次昏迷休克，其余战士也不同程度受伤。

靖磊磊清点了人数，六个，他放心了。

他抬头望了望那面峭壁，雪崩把刚才还可攀爬的悬崖削得更陡，沿原路已不可能返回。

雪越下越大，数米之外，什么也看不见。风雪紧裹着大家，彻骨的寒冷侵蚀着他们的每一寸肌肤。

他们相互搀扶。于辉因伤走不动，靖磊磊和王鑫就用背包绳绑着他，拉着他在雪地里艰难前行。他们心里非常清楚，每前进一步，他们就离死亡远了一步，离生的希望就近了一步。

"班长，让我来背吧。我们要加快速度，在天黑前走出去。"看着班长强忍疼痛，竭力前行，王鑫要把于辉接过来。

"我的腰越来越疼了，你背一会儿也行。"

王鑫把于辉背在自己身上，喘着粗气往前走。

喘气声混合着脚踩积雪发出的声音，滞重而刺耳，但随即被风声淹没。

刚走出几十米远，王鑫就摔倒在雪地上，他实在是太累了。

一直昏迷的于辉醒了过来，他睁了睁眼，用十分微弱的声音问："我们……这是在……哪里？"

他还不知道发生了什么事。

靖磊磊告诉他："雪崩了，我们被卷下来，正找路往回走。你告诉我，你哪里不舒服？"

"我冷……头晕……浑身没劲，班长，你们……别管……我了，你们……快走吧！"

"我们会一直和你在一起。我们就是拖，也要把你拖回哨所去。"

他们把背包绳捆在于辉身上，王鑫在前面拖着于辉慢慢前行。

积雪没膝，有时可没至大腿根。人骑在雪上，动弹不得。一步，一步，又一步……此时的他们，迈出的每一步都是人世间最艰难的。

看到天色渐暗，电闪雷鸣，大雪飘飞，随时有可能发生危险。靖磊磊果断地说："此处不可久留。副班长，你带着四名新同志马上离开这里，向 75 号阵地机动，然后返回观察哨，向上级报告并请求救援，我留下来照顾于辉！"

王鑫说："班长，我是卫生员，应该我留下来，你们都赶紧离开。"

"班长，要走一起走，真有危险，我们就是死也要死在一起。"梁波说。

"大家都知道，在这世界屋脊的冰天雪地里，多待一分钟都很危险，但如果带上休克的于辉一起走，大家可能都会有危险。"靖磊磊下了命令，"梁波必须带大家走，我受伤了，我在这里照顾于辉。于辉的伤现在不需要卫生员，又没药品，王鑫留下也没什么用。"

王鑫依然坚持："于辉现在是伤员，照顾他是我的职责，任何人现在都可以离开，唯独我不能。"

靖磊磊无奈，只好说："那就这样吧，梁波，你带其余三名战士先走，我和王鑫带着于辉在后面跟进，你们脱险后想办法向上级报告情况。"

梁波只好带着三名战士离开。四人走到一道雪梁上，回头望去，他们看见靖磊磊和王鑫站在风雪中，将于辉搂在怀中。

眼泪一下子从四人眼里涌出。梁波再次回头时，看到靖磊磊的腰部因受伤，行动不便，举步维艰。但靖磊磊还是背着于辉，在雪地里艰难爬行。

这让梁波更急迫地想尽快爬到75号阵地去。没想到那里也有雪崩迹象，为尽快向上级报告情况，他决定向连队茶水电站方向行进。

天渐渐暗了下来，无边的恐惧笼罩着整个世界。威胁他们生命的，除了疲惫、饥饿、寒冷，还有铺天盖地的大雪。

天越来越暗，风雪让天地变得更加昏暗。

他们不知道，大概就在这个时候，靖磊磊再次听到了那种冰雪的断裂声。他们还没有反应过来，雪崩再次发生了！瞬间，他们又一次被卷下悬崖，三人都失去了知觉。

死神的脚步正向他们靠近。

整条雪谷只有风雪凄厉的声音。

梁波带着三名战士想走快些，但是积雪太深，加之每个人都不同程度地受伤，每走一步都十分吃力。

雪停了，月光惨淡地照耀着这个寒冷的雪谷。四周一片死寂，那是一种令人毛骨悚然的寂静。

大家的身体已冻得有些僵硬，手和脸麻木，但大家只能手拉手，相互搀扶着摸索前行。

走着走着，走在最前面的杜江南突然不见了，接着传来他的求救声。原来，他掉进了一个冰窟窿里。战士们立即围上去，手脚并用，砸冰刨雪，用了十多分钟，才将杜江南从冰窟窿里拉出来。

夜幕降临后，雪地里辨不清方向，大家都焦急万分。

"嘘，别说话！"杜江南似乎发现了什么，"你们听，是不是有流水声？"

每个人都仔细听了，确实是水流的声音。因为顺着河流就能找到连队的茶水电站，大家一下看到了希望。

四个人顺着河谷往下游走，由于河谷的积雪太厚，随时都有可能踩空而掉进冰窟窿里，梁波走到最前面为大家探路。

忽然，他的身子一斜，一只脚卡住了，身体重重地摔倒在雪地里，滑进了冰窟窿，动弹不得。等其余三人把他从冰窟窿里拉出来，他的一只鞋子被水冲走，裤子湿透，很快结成了冰。他撕下军装上的一块布，把脚包住，坚持继续往山下走。极度疲劳，加上冻伤，梁波开始感觉看不清东西，四肢也不听使唤。他眼前一黑，倒在了雪地里。战友们抱起他，他睁开双眼，用十分微弱的声音说："我可能是不行了，别管我，你们快往前走，快去报信救班长他们。"

但没人忍心扔下战友，都不肯离开。

黑夜里凄凉的月光洒在雪地上，显得异常苍白。

梁波以命令的口吻说："我以副班长的身份，命令你们马上离开！"

杜江南见副班长已无法前行，就对杨恒升和赵勇说："这样吧，我往前走，尽快赶到茶水电站，你们两个扶着副班长慢慢跟上来。"

杜江南说完，告别他们三人，独自一人往山下爬去。

哨所原是要等于辉和王鑫背完雪后就开午饭，所以大家冲出哨所救人时，只吃了早饭。饥饿、寒冷加上极度的疲劳，使杜江南感觉体力严重不支。但他明白，自己必须往前走，不然，六位战友可能都有危险。他也知道，自己早到一分钟，战友们就多一分生还的希望。

他不停地告诉自己："千万不能倒下，千万不能倒下……"

在他身后，赵勇和杨恒升扶着梁波，也在艰难地向山下挪动。突然，死寂的雪夜里发出一声异响。"快，闪开！"

梁波使出全身力气，一把将赵勇和杨恒升推到一边。两人还没反应过来，只见半间房子大小的冰雪坍塌下来，从梁波身边擦过，瞬间滑进河谷。

梁波被撞击得再次倒在了雪地里。

赵勇和杨恒升把梁波扶起来。"副班长，你没事吧？"赵勇用嘶哑的声音问道。

梁波说："没事，你俩把我扶起来，我们不能停下，还得继续坚持往前走。"

前面的杜江南倒在了雪地里。他觉得自己马上就要死了。可意念告诉他，后面还有六名战友等着救援。他开始往前爬，爬过一道弯，他的眼前一亮。

他看到了灯光！

那是生命的光亮啊！他激动得哭了起来。

300 米，200 米，100 米……他的双手磨出了血，在雪地里，留下一道长长的、斑斑点点的血迹。但他没有丝毫感觉。

但最后那几十米，他怎么也爬不动了，就在他快要闭上眼睛的时候，一束明亮的手电光直射过来……

"谁？口令？"

杜江南听出那是曾在詹娘舍待过的老班长陈小云的声音。但是，他已无力说话。他抬起手，指了指身后的方向，就昏迷过去了。

此时，已是晚上 11 点，从雪崩处到茶水电站 8 公里，杜江南他们走了近9个小时。

哨兵把杜江南背进屋子里。杜江南醒来，说的第一句话就是赶快救人，然后诉说了哨所人员遭遇雪崩的事。陈小云赶紧上报。援救战士顺着杜江南留下的足迹，找到了梁波、杨恒升、赵勇，他们已昏迷在雪地里……

营长李兴文在晚上11点10分接到茶水电站的电话时，不相信自己的耳朵，因为就在当天上午11点20分，他还给靖磊磊打了20分钟电话，专门交代要他注意安全。

李兴文一边让驾驶员发动车辆，一边上报团里，然后命令6连的20多个人，立即出发，赶往茶水电站方向救人。

由于营部只有一台车，李兴文带6个人乘车先走，其余20人随后跟进。

营部到茶水电站9公里路，由于积雪掩埋了道路，车开了4公里，就再也不能前行了，只能跑步赶往茶水电站。

当天晚上，李兴文带着战士搜寻无果。

随后团里又派出特务连及附近连队的官兵，开始了全团大搜寻。

但由于大雪覆盖，地形复杂，前两天搜寻都一无所获。

随着时间的推移，大家的心越来越痛，也越来越绝望。他们知道，那3名战友已是凶多吉少。但从连队到军区都抱着一个信念，即使他们已经牺牲，也要找到他们。

3月4日凌晨3点钟，12名官兵再次从茶水电站出发，冒着生命危险，前去搜寻。一路上，官兵们借着月光，沿着冰沟，踩着厚厚的积雪，艰难地向山上爬行。

六班长李忠权走在队伍最前面，拿着铁锹铲雪开路。突然，他脚下一滑，掉进了一道冰沟里，雪埋到了胸部，整个下半身瞬间被雪下流淌的冰水浸透了。

战友们把他从冰沟里拉出来，他的衣服很快冻硬，结冰，像穿着铠甲。他没有管那么多，仍然冲到队伍最前面，继续开路。

天亮后，搜寻分队行进到一处悬崖下面的雪地里。那里没有一株植物，放眼望去，尽是白茫茫的积雪。

太阳出来了，为防止雪盲，李忠权赶紧取出墨镜，摸了半天，发现随身携带的墨镜不见了。他只能强忍着冰雪的反光，在雪地里摸爬前行，继续搜寻失踪的战友。

大家一直没有休息，也没吃多少东西，体力消耗大，又累又饿又渴。为了保证搜救队员的安全，大家开始向山下撤离。就在这时，李忠权的眼睛红肿起来，不停流泪，灼痛难忍。

回到茶水电站，李忠权的眼睛已经看不清东西，经军医诊断，他患了雪盲，滴了些眼药水，才慢慢好转。

当晚，另一支搜救队又要上山，李忠权主动申请。他说："时间就是生命！我熟悉道路，能给大家带路，可以尽量节约时间，找到失踪的战友。"

李忠权仍然在前开路，眼睛灼痛的时候，他就停下来滴几滴眼药水。在他的带领下，搜救队伍前进的速度比上一次快了许多。

非常遗憾的是，三位战士依然没有找到。

至此，李忠权已整整两天两夜没有合眼。

就这样，一支支搜寻分队不断派出，但大家把那块地域踏遍，也没有找到靖磊磊、于辉和王鑫的踪迹。

到第四天，大家终于找到了于辉。

他遭受雪崩的袭击后，被积雪冲到了一道 80 余米深的悬崖下。悬崖下的积雪足有 20 多米厚。可能是想躲避严寒，他蹲在一块大石头旁，身上绑着背包绳——显然，靖磊磊和王鑫正拉着他往前走时，发生了雪崩。

他已牺牲。

李兴文指挥大家在于辉牺牲的附近地域搜寻靖磊磊和王鑫。

第八天上午，他们在距离于辉 200 多米远的雪下刨出了靖磊磊的遗体，然后又在一道石缝里找到了已经牺牲的王鑫。

那一年，靖磊磊 25 岁，王鑫 20 岁，于辉 19 岁。

第二程 作为精神王国的阿里

浩气贯雪域，
高歌行昆仑；
黄沙裹冠徽，
白霜染衣襟。

第一章

神秘的"天界"

没有人敢不对阿里心存敬畏。

除了离天空近，它离任何地方都远，高悬于俗世之上，高悬于梦境难以抵达的地方。阿里地区行政公署和阿里军分区所在地狮泉河镇距拉萨就达1800公里，距新疆叶城1300公里，距首都北京6000多公里。阿里军民的大多数物资保障都是通过新藏线运输的。高原开冻后的6月至10月，这条线路最为繁忙。军地车辆往来，给沉寂了半年有余的雪域高原带来了生机和人间气息。

新藏线无疑是条天险之路。它横亘着让人望而却步的阿卡子、库地、麻扎、黑卡、康西瓦、奇台、界山、苦倒恩布、多玛、拉梅拉等奇险无比、高耸天宇的达坂（山口，山岭）。据不完全统计，这条路自开通以来，已有2000多辆汽车在这条路上粉身碎骨。每架达坂下，都可以看到汽车的累累残骸。每一公里路上，都会有一个惨烈的车毁人亡的事故。

在这些达坂中，最险的是有"昆仑门户"之称的库地达坂。公路是在万丈悬崖上硬凿出来的，宽度刚好能容一辆汽车通过，行于其上，手可摸天，但不敢俯视；其下或黑云翻腾，莫知其深，或危岩千重，怪石狰狞。就是这道"门户"，让无数雄心勃勃地要闯喀喇昆仑和阿里高原的人仓皇退却。

心惊胆战地从库地达坂盘旋下来，大气还没喘过，迎面而来的就是麻扎达坂。

麻扎最恶。它在维吾尔语中的意思是"坟"。麻扎达坂下靠喀拉喀什河岸边，也确有一座孤坟。但人们通常理解的意思是，这麻扎达坂本身就是一座埋葬人的坟墓。道路九九八十一盘，盘绕至达坂顶，再盘绕下来，一直下到喀拉喀什河岸边。这座达坂翻车最多，死亡人员也最多。

苦倒恩布达坂海拔高。这里长年冰封雪阻，经常要人工排除冰雪才能通行。到达苦倒恩布达坂下面，先要穿过令人毛骨悚然的"死人沟"，翻过界山达坂。初上高原的人过这两关，无一例外地要经历因严重缺氧而让人欲生欲死、生不如死的痛苦。待升上苦倒恩布达坂，人对痛苦已经麻木。这时是最危险的时候，它会使你在麻木中突然倒地毙命。在这座达坂上，因高山反应和被风雪封阻，死亡的情况之前每年都在发生。这里全是冻土带，为了托举这世界上最高的山原，在界山脚下形成了一块百里有余的平川。

平川上，点缀着金黄而稀疏的浅草，偶尔有一群黄羊或羚羊或藏野驴如梦一样奔驰而过，给人一种祥和的错觉，像是要诱你上那达坂，好置你于死地。

在喀喇昆仑和阿里，还有帕米尔高原，有两大人类无法解决的难题：一是零下40摄氏度以下的严寒；二是低于平原地区60%的大气含氧量。这两者像一把张开的巨型剪刀，高悬于每个前往那里的人的头上，并且，随着海拔的爬升，剪刀口也会渐渐咬紧，准备在任何一个瞬间，咔嚓一声，像剪掉一根树枝一样剪去一个鲜活的生命。让你来不及呻吟一声就突然倒地，成为一具永不腐朽的冰尸，成为野狼和秃鹫的美食。

苦倒恩布达坂在这一点上，显得尤为明显。

我是第一次上昆仑和阿里，当然，每一个边防军人和我一样，在来此之前都不知高山反应为何物。很多人甚至不知道阿里这个名字。

一进"死人沟"，我就差点儿昏迷了过去。头痛得像一个人在用一把很钝的斧子使劲儿剁我的脑仁儿。我用备好的背包绳把头紧紧缠住，像是真怕那把无形的钝斧把我的头劈成好几块。

到了苦倒恩布达坂上，同伴所带的气体打火机砰地炸响。我感到身体的各个部位已经飞散开去，随意飘浮，轻若微尘。

苦倒恩布达坂虽不是真正的界山达坂，但界山达坂的石碑却立在这里。上面赫然刻着：

界山达坂：海拔6380米

新疆军营中流传着一首"打油诗"，每每有人表明自己多么有男人气概，多么勇敢无畏，多么具有铁血性情时，就会吹牛说自己：

神仙湾上站过哨，
死人沟里睡过觉，
界山达坂撒过尿，
班公湖里洗过澡，
吼两声，再跳三跳。

其实，这几件事不在高原摔打几年，常人是不敢轻易做的。轻易做了，就有可能死去。

有名通信兵查线时，见自己离地面只1米高的距离，就习惯性地一跳而下。那一跳，让他再也没有醒过来。

这高原上，本很顽强的生命会变得像玉石一样易碎。

我们没人敢在这里撒尿，只敢留个影，就没命地往达坂下逃。

直到 2010 年，从叶城到阿里，坐小车最快也要 3 天：第一天到三十里营房，第二天到多玛，第三天到狮泉河；乘卡车至少得 7 天。

新藏公路 90% 为山路，路窄、坡陡、弯急，常有冰坎。夏季水毁塌方严重，冬季雪崩频繁，行车十分危险。全线地势高寒，空气稀薄，海拔多在 4500 米至 5000 米，气候及自然条件恶劣，除叶城、普沙、日土、狮泉河有居民外，其余地区荒无人烟。冬季积雪常在 1 米以上。

我们头天晚上在三十里营房就没睡着，为了赶到多玛，第二天早上 6 点钟就出发了。人困乏不堪，加之高山反应，真是生不如死。

下了苦倒恩布达坂，才算松了口气。

从昆仑山的库地达坂到苦倒恩布达坂约 600 公里，除了三四个兵站，是真正的无人区。

回首界山，它白雪皑皑，高耸云端。南边的天湛蓝纯净，北边的天则灰暗浊黄，真如神秘的天界。

第二章
活都不怕，还怕死吗

任何神圣之旅都是充满艰辛的。

我们到达狮泉河后，就躺下了。躺了两天，才挣扎着爬起来，屏息感觉世界的纯净。

但任何一个"老阿里"都会对自己在阿里的经历自豪。我想，这种自豪感主要来自对自身勇气的检验，他们让自己的勇气存留于高原，转化为一种精神，萦绕于高原的冰山雪岭、荒川河流之间，成了高原精神的一个分子。能将一个人的精神存留，并且又愿意收留那精神的地方，就是一个人灵魂的故乡了。

丁德福的人生按他自己的说法，可谓真正的高原人生。

他在阿里生活了 25 年，围绕着帕米尔、喀喇昆仑、阿里这些高原大山兜兜转转。

那张彩色照片他从阿里带到了叶城，又从叶城带到了疏勒。照片里是著名的、有"神山"之誉、海拔 6721 米的冈底斯山脉主峰。它祥云缭绕，直插云霄，如一颗晶莹圣洁的橄榄，显得神秘而又美丽。

每天回到屋里，他总会先在沙发上对着神山坐下，凝视着它，让自己的心回到阿里高原。他的眼前会出现飘飞的白雪，耳边会传来大风的吼叫和脚踩在雪里的咯吱之声。

阿里无疑是他的信仰之地。他说："如果抽象的信仰应该有一片现实的土地作为其故乡的话，我认为阿里是最合适的。"

25 年的高原军旅生活，把丁德福这个充满青春气息的士兵变成了一个秃顶的饱经风霜的中年军人。

丁德福入伍时在伊犁。20 世纪 70 年代初他和他的战友唱着"罐头盒里煮大米，青石板上烙大饼"的豪迈歌曲，从"塞外江南"伊犁换防到了"世界极地"阿里。

在阿里首先面对的就是死亡，随时面对的仍是死亡。

丁德福无限怀念地说，他有不少战友已经长眠在狮泉河畔、界山达坂、古格峡谷、神山脚下，从 18 岁到三四十岁的，各个年龄段都有。他只能偶尔在梦里才能见他们一面了。

河南兵小杜，晚上在窗前给家人写信。写着写着，集合号响了，他拉开门出去集合，谁知这一拉，就顺着门板滑了下去，再也没有站起来，家信只写了一半。丁德福记得那天晚上的月亮又大又圆，就悬在窗前，照着家书上的钢笔字。

他当指导员那年，带着连队炸山修路。有天晚上，他睡在帐篷里，做了一个梦，梦见自己被悬在半山腰上打炮眼，脚下的白云柔软得像羽毛，洁白得像哈达，有一只鹰老在他周围盘旋。和他一同悬在悬崖上的，还有一名战士，叫罗乃雨，是陕西人，秦腔唱得不错。罗乃雨的腰间插了一根钢钎，不知怎么就掉下去了，叮叮哐哐的怎么也掉不下底。丁德福一惊，就醒了。他就给连长讲自己的梦，还没讲完，一个战士哭着跑来说出车祸了，说罗乃雨的车正在达坂上跑着，突然横拉杆失灵，汽车从悬崖上冲了下去。罗乃雨和另一位战士牺牲了⋯⋯

新藏线上，经常可以见到在雪野里抛锚的汽车。走过去一见，驾驶室里的人好好的，像是正在睡觉，睡得还很安详。待拍拍他们，没有动静，拉一拉，就倒下来了。

这就是阿里的死亡。

见惯了死亡之后，阿里军人就会说："我连活着都不怕，还怕死吗？"

往返于新藏线上的丁德福每次上山前，总是把遗书写好，然后塞进抽屉里。因为怕家人见了担心，那个抽屉他随时都锁着，遗书写好后，就塞进去。锁那抽屉的钥匙他扔了，他不准备打开那个抽屉，当有人打开那个抽屉时，也就表明他从阿里回不来了。20多年下来，那些遗书已经装了一抽屉。

他知道自己不是铁打钢铸的，而是凡胎肉体。只要在阿里工作，就得随时准备埋入那冻土层中。他留那些遗书的原因，是因为看到自己身边倒下的战友，因为仓促之间没留下一句话，给亲属留下了永远的遗憾。而他的家庭情况又很特殊，上有老，下有小，妻子是个普通的农村妇女，目不识丁，大儿子是残疾人，路都走不了。他要把一些后事交代清楚。所以每次上山下山，他都要写一些话。

家里人不知道他那抽屉里装的是什么。孩子们大了，对那个一直没有打开过的抽屉产生了好奇。他们想知道父亲在那里面究竟藏着什么秘密。

他们撬开抽屉后，顿时惊呆了。那每一张纸条都是一个有关生死的传说，每一张纸条都像令人伤悲的讣告：

> 高原丧生，本是常事。万一不测，为国而死，当感光荣，不要悲伤。
>
> 　　　　　　丁德福　1975 年 8 月 10 日

> 这次上高原，听说雪快封山了，路不好走，但还得上。如有什么不幸的事发生，请不要给组织添麻烦。国家会给抚恤金，家中零用，可以不愁。
>
> 　　　　　　丁德福　1981 年 10 月 21 日

> 无论怎样，老大的病一定要治。
>
> 　　　　　　丁德福　1985 年 3 月 14 日

  ……只给组织上提一件事，叶城教学质量差，小女儿梅梅考大学肯定考不上，当地就业难度大，望组织能照顾梅梅上军校，了却我一桩心愿。

丁德福 1993 年 5 月 30 日

  孩子们看着看着，就齐声痛哭起来了。

  丁德福捧着那些纸条，手有些颤抖。他自己也不相信会有那么多次面临着生死考验。他当时想烧掉遗书，但终于没有。他把它们作为自己人生特殊的纪念品，保留了下来。

  对阿里军人来说，死亡，并不是最可怕的。你死了，也就战胜它了；你活着，则是大胜了。难以战胜的，是那让人欲生不得、欲死不能、生不如死的种种折磨所带来的苦难。

  战胜苦难，必须要有超人的意志。

  丁德福的意志可以说是超人的。他上高原时，阿里高原就不平静。当时，常有经过正规山地战和偷袭训练的叛匪从邻国越过边境，袭扰草原，掠夺牛羊，残杀边民，攻击地方政府。丁德福上山不久，阿里军分区在 6 年时间里组织了 6 次剿匪。他参加了 5 次。每次剿匪，都得与叛匪在冰山雪岭间来回周旋，旷日持久，最长的一次达 49 天。等他和战友们走出冰山，每个人都已如野人一般。

那一次，他们断粮 4 天。为了生存，只得击毙了一匹军马。把马肉在牛粪火上烤半天，也难以嚼动。中秋节那天，丁德福因病突然昏迷。战友们有时用破大衣抬着他，有时把他绑在马鞍上，转战了三天，他才醒来。通信员赵金泽原以为他死了，一看他醒来，激动得哇的一声哭了。

49 天时间里，由于人不离鞍，丁德福的屁股和裆部整个儿磨烂了。裤子和血肉粘在了一起。剿匪结束后，他把自己关在房子里给自己"动手术"——用剪子把内裤和血肉剪开。折腾了一个多小时，弄得浑身是汗，疼痛难忍，还没弄到一半。

这时，军分区司令员来看望他，见到那个场景，一把把他抱进怀里，相拥而哭。哭罢，他拍着胸脯表示："司令员，下次剿匪，我丁排长还去！"

当时，他妻子正背着患了小儿麻痹症的大儿子焦急地走在甘肃那尘土飞扬的土路上。在这之前，妻子已托人给他发去数份电报、十几封信，盼望丁德福能尽快回家，为儿子治病。但那些电报和信全如泥牛入海，杳无回音。最后，她只好把生病的公公托给邻居照顾，自己背着大儿子，抱着小儿子，往返于天水、兰州间为儿寻医问药。一个大字不识的农村妇女在这些城市中遭到的艰难可想而知。儿子站不起来，她急得哭哑了嗓子，暗地里埋怨丁德福狠心。而丁德福剿匪结束后，看到了电报和信，却因为大雪封山，已下不了山了，只能在高原上干着急。待他来年下山见到儿子时，儿子再也站不起来了。

丁德福抱着儿子痛哭。对妻子说，一定要给儿子治，哪怕砸锅卖铁也要给儿子治。但儿子住了 10 年医院，做了 7 次大手术，也没治好。以致儿子 20 岁了，还不肯叫他一声爸爸。因为那 10 年中，无数次的大小手术，丁德福没有一次在儿子身边。最后，他只好给儿子写了一封数十页的长信，向儿子诉说了自己的高原生活，说明了他为什么要那样做，为什么不能尽一个父亲的责任，也倾诉了自己心中的愧疚和痛苦。然后，他自己到邮局去，把信从阿里寄给了远在叶城的儿子。

儿子读完信，才原谅了他，回信第一次叫他"爸"时，他忍不住泪如雨下……

丁德福说，那一天是他一生中最幸福的时刻。

第三章

一趟三难

　　在 1980 年以前，阿里地委和行署所在地狮泉河除了政府工作人员和驻军部队，正式居民只有一户。这一户居民是游牧到此后定居下来的。丁德福刚上阿里时，狮泉河整个儿就是一片红柳滩。连队出去放羊，得用棍子缠一块红布，高高举起，以遥相呼应，不然，谁去哪里了，很难知道。整个狮泉河最高的建筑，就是连队的哨楼，两层。连队盖的房子全是土坯房。狮泉河周围的沙土没有黏性，战士们就把牛屎马粪装在麻袋里，在河水里把粪漂走，留下草渣，把草渣与白石灰和在一起抹墙。抹出的白墙引得四面八方的老百姓全来参观，说这真是不得了哇，能住上这样的房子，就是神仙了。

　　无论多么荒僻的地方也挡不住时代潮流的冲击，现在的阿里已有了现代社会所有的一切。

无论在什么地方，丁德福的心一直偏着阿里。他说："我后来在新疆工作，但由于在阿里待得太久了，心里总记挂着那儿。南疆不时就发现一个大油田，我就想，要是这油田在阿里就好了。每当看到火车装满了东西，我就想，这一车东西要是给阿里就好了。"

丁德福的话，让人确信阿里的确就是他的家。虽然这里的极端艰苦一直持续到了 20 世纪 80 年代初，可儿不嫌母丑，丁德福对阿里这个家的情感一直非常深。

他告诉我，直到 20 世纪 80 年代初，阿里官兵住的还是泥巴土块垒起的地窝子，睡的是下面垫羊粪，上面抹泥巴的土炕，不通电话，不通公路，给养物资靠牦牛、羊群驮运，吃新鲜蔬菜比吃山珍还难。他最后有些诙谐地说："可惜你们现在吃不上用羊群驮到哨卡的食品了。无论大米、面粉，还是白糖、酱油，无一例外地都带有一股呛鼻的羊膻味、尿臊气。那风味，真个独特。"

那种独特的风味可能只有那个独特时期的边防官兵可以品尝了。

1983 年边防建设的序幕拉开后，丁德福高兴得几夜合不上眼。他当时任札达县人武部政委。施工大军还没有上山，他就带着他的战友们干开了。他整天泡在工地上，每天一干就是十四五个小时。高原施工，付出的体力要比山下多十几倍。

有一次天快黑时，别人已经收工，他想把最后一点土方挖完，没想干着干着就晕倒了。这就是很危险的高原晕厥。当时周围已没有一个人，幸好一位上山送物资的汽车司机发现了他，才把他救醒。司机以为丁德福是个老兵，就说："老伙计，你都成老兵了，家里一定还有老小，你该悠着一点儿。你想想，要不是碰上我，你就'报销'了。"

"没事的，我命大，这不就碰着你了吗？阿里高原施工期短，大家都和我一样，能多干点就多干点，都怕把工期给耽误了。"

"我得把你的事给你们政委讲一讲，你这样没死没活地干，至少也该立个功。"

"那倒用不着，比我辛苦的人多的是，就是该立功了，政委也知道的。"

但这位司机还是执意要找政委。搞得丁德福只好告诉他："我就是政委。"

有一次，他送新兵上山，一趟差点儿死了三次。

四月天，江南已经热起来，新疆叶城也有了暑气。新兵们没经过事，初上高原，觉得好玩，一出叶城，就歌声不断，伸着脖子嗷嗷地一路唱歌。

丁德福很感动，忍不住也随着新兵们吼起来。然后，他摸了摸头发稀疏的脑袋，感叹地对同车的干部说："当年我也是唱着歌上山的。二十多年了，一茬接一茬的年轻人把他们的青春和热血挥洒在了高原上，才使今天的阿里边防牢不可摧。可惜我年纪大了，不知道还能在这里干多久。把阿里从我的心里抽掉，我就没有什么东西可以寄托了。"

歌声不知不觉变弱，最后新兵们默然了。往外一看，已到库地达坂。高山反应开始折磨这些新兵们，几小时前还嗷嗷叫的战士这时正趴在后车挡板上哇哇呕吐。有些新兵因为难受，甚至哭起来。

丁德福让车队停下，稍事休息，让战士们服一些抗高山反应的药物。然后，他对战士们说："上阿里的路，是勇敢者的路，是英雄之路。我们难道还能被喀喇昆仑吓退吗？我们就是把五脏六腑吐出来，也要上到阿里高原去。大家有没有这个决心？"

新兵们一声高吼："有！"

"继续前进！"丁德福命令车队。

冬去春来，积雪消融，山岩犹如豆腐渣，稍有震动，便会引起垮塌。为保证安全，丁德福把车辆编队做了调整，把一辆拉物资的卡车和自己的车排在了前头探路。

车队艰难地爬上了库地达坂。

突然，丁德福听见了一声冰河断裂时的声音。他猛地对身边的司机大吼了一声："停车！"汽车刚一个急刹停稳，就看见积雪崩塌，从山顶轰隆隆呼啸而来，狂泻在了车前。他感到眼前一黑，车被积雪埋住了。

后面的新兵赶快跳下来，用铁锹和手从雪中掏挖自己的政委。待把丁德福掏出来，他已憋得呼吸急促，脸色青紫。

如果没有及时停车，再往前开一点，就处于雪崩中心，那就危险了。他大喘了几口气，拍打着皮帽子上的雪说："真悬，都摸着阎王爷的鼻梁子了。"一句话说得惊魂未定的新兵们笑了起来。

折腾了大半天，终于把道路疏通。他让大家赶快往前闯。车队刚过完，一大块坚冰就砸了下来。新兵们说政委是"天眼神耳"。丁德福半开玩笑地说："昆仑大学只收学生，但没有合格毕业之说。我和大家一样，都是这大学的学生，后面的考验还多着哩。"

接下来是红柳滩到多玛。阿里军人有句口头禅："天不怕，地不怕，就怕红柳滩到多玛。"他担心把新兵吓坏了，又补充了一句："我们阿里军人还有句口头禅，'东风吹，战鼓擂，阿里军人他怕谁'。"算是给新兵们壮了胆。

红柳滩到多玛 360 公里，海拔全在 4500 米以上。很多地方寸草不生，绝大多数道路艰险坎坷。当时正赶上冰河涨水，河水漫涨，到处是水洼和泥泞。车一开进水里，就辨不出路在何方了。这时车千万不能乱闯，稍有偏差，车子就可能滑下路基，后果将不堪设想。丁德福在阿里跑久了，对新藏线已熟若手纹。他心一横，牙一咬，脱去棉裤跳进齐腰深的冰水里，为汽车引路。12 台车，丁德福导引了 12 趟，花了 8 个小时。车辆全部脱离险境之后，他却因劳累和寒冷，一头栽进了冰水里。战士们把他捞进驾驶室，换了衣服，他还没有苏醒过来。此后半年多的时光里，他的双腿痛得没地方搁。那次造成的静脉曲张，必然要伴随他一生了。

他在讲起那次死亡体验时却是笑着的，甚至把失去知觉的感觉描述得很美妙。他说："进入冰水以后，别的啥感觉都没有，唯一的感觉就是牙疼，那种疼特别难以忍受。桌面大的冰块一次又一次撞击着我的腰和腿，有的地方被冰块锋利的棱角撞伤了，渗出了血，但一点感觉也没有。再后来，连牙疼的感觉也没有了，身体仿佛已离我而去，脚变成了鱼尾巴，似乎可以在水里自如地摆动。头脑里也轻飘飘的，好像里面只有云彩，身体一下很轻，像是成了神仙似的。"

丁德福自己把那次经历概括为"一趟三难"。躲过了两难，第三难又来了。他们被泥石流困在了"死人沟"里。

车在"死人沟"抛锚是最倒霉的，也是最危险的。这一带环境特别恶劣，一旦滞留于此，便极其危险。

在泥石流中刨了半天车，弄得大家如泥人一般，也没把车弄出来。夜幕降临，风如狼嗥，寒气逼人。丁德福只好带着大家退到避风处，等待救援。

这一等就是三天三夜。

车上的干粮吃光了，就剩下驾驶员带给别人的几斤干辣椒，也只好拿出来分着吃。

辣椒很快吃光了，但救援队还没到。饥寒交迫，再加上高山反应，每个人都痛苦不堪。

坚持到第七天早晨，好多人已写了遗书，救援的车队终于赶来了。

丁德福告诉我："那时在阿里，活过来是一种幸运。如果真的死去，也无悔无憾。这是阿里军人注定的生死观。我丁德福只是一个普通的阿里军人。前有古人，后有来者，我不是第一个，也不可能是最后一个。"

采访结束，他给我们唱了一首他在阿里底雅乡听到过的民歌。歌词优美、简洁，内涵却深刻、博大：

> 天地来之不易，
> 就在此来之；
> 寻找处处曲径，
> 永远吉祥如意。
>
> 生死轮回，
> 祸福因缘；
> 寻找处处曲径，
> 永远吉祥如意。

他哼着这歌，显得沉醉，像是重新回到了阿里，回到了世界屋脊。

第四章

我赖于此地并扎根于此

有一位在阿里服役的战士曾给自己的女友讲述过阿里的遥远："我们守的那地方实在太远了，根本没法用公里来计算。这么跟你说吧，从咱这儿一动身，得下了自行车上汽车，下了汽车上火车，下了火车上汽车，下了汽车上毛驴车，下了驴车再骑马，到了马走不动的地方就上高原，到了人走不动的地方就爬达坂。"

"那就到了吧？"姑娘问。

"还没有到，下了达坂还得上冰山。"

"那不到了天边边？"

"是的。有的地方得万分小心，不然就从地球边儿上掉下去了。"

这当然是夸张，但遥远是实实在在的。

阿里的普兰边防连距狮泉河就有近 500 公里；还有个

叫什布奇的边防连更远，距军分区达 630 公里，封山期为9 个月，每年有 9 个月时间，这个连是与外界隔绝的。当年我们走了两天，才赶到那里。

连队如同一只盘踞于山腰的猛虎，俯瞰着普兰县城和更遥远的地方。

普兰是青藏高原的西南门户，南有喜马拉雅，北有冈底斯山，在"阿里三围"中被称为"雪山环绕的地方"。因为距神山冈仁波齐和圣湖玛旁雍错不远，这座小城便一直笼罩在传说的光辉之中。但神灵似乎也拿高原心脏病没办法，这个连已有好几个人因此病而牺牲。

连队军医西让的媳妇桑珠就住在县城边的小村子里。她不愿当随军家属，仍种着自己的土地，养着百十只羊。

每有客人到连里来，她总会送来自家磨的糌粑、酿的青稞酒。

我起初见到一个衣着颇旧的藏族妇女从孔雀河边顺着陡坡向连队爬上来，还以为是拾荒的。问一个战士，他告诉我，她是桑珠嫂子，给大家送好吃的来了。

桑珠原是县歌舞团的歌唱演员，后来成了地道的家庭妇女。除了那条油黑的大辫子外，能展现她昔日风采的就只有她那动人的歌声了。但她只在劳动和放牧时才歌唱。在她敬酒时，我们真诚希望听到她的歌声。她略有些羞涩，双手捧着酒杯唱起来：

这杯甜蜜的青稞酒，
上域神仙未曾尝过；
请喝下这一杯酒吧，
以实现我的心愿。

这杯银碗里的美酒，
我已经祝祷三遍；
请喝下这一杯酒吧，
以实现我的心愿。

把闪亮的酒杯高高举起，
这酒中盛满了情和意，
祝愿朋友吉祥如意，
祝愿朋友一帆风顺，
欢聚的时刻虽然是这样短暂，
友谊的花朵却常开我们心间。

声音嘹亮优美，真挚深情，充满着地道的藏地风韵和纯粹的高原气息。她用藏语唱一遍，再用汉语唱一遍，然后用木质镶银的小碗献上一碗酒。

桑珠也曾随军了一段时间。但做了随军家属之后，无事可干，她觉得特别无聊，就又回家种地放羊去了。

她说："人那么闲着，非得闲死不可。何况，在连队里唱歌没有劳动时唱歌舒畅。"

劳作和歌唱，是她理解的人生最大的幸福。

连里还有个藏族排长彭措扎西，是从拉萨入伍的。他和军医颇似兄弟俩。虽然年龄相差十来岁，但面相上都显得一样老。

彭措扎西个子不高，黑如煤炭，但干练精明，由于很优秀，被破格提干。在阿里高原，有人说，没有什么艰苦能使他害怕。连队有什么急难险重的任务，都可以放心地交给他去干。

有一年冬天，连队已被大雪封了三个多月。战士朱国辉病了，病得很重，连队派他带司机薛小强，将朱国辉送往军分区医院抢救。他们早上6点钟出发。走到人工桥，车一头扎进雪里，再也退不出来。他想爬到电线杆上给连队打电话请求救助。脚上穿的大头靴冻得像铁块一样硬，他爬了四次电线杆都没有爬上去。最后，他心一横，把大头靴一脱，就往电线杆上爬。

在零下40多摄氏度的严寒里，他的双脚很快就失去了知觉。电话打通后，他从电杆上直接滑下来了。手脚早已麻木，不听使唤。鞋怎么也穿不进去。他在心里说一声完了，得赶快回连里报告情况，然后用双肘支撑着爬向汽车。薛小强见他好久没有回来，赶去接他，把他背进驾驶室后，连忙把他的双脚揣进自己怀里。但已经晚了，彭措扎西的双脚已经冻伤。

连队派车来，没把那陷入积雪中的车拉出来，只好先把病号接走，留下彭措扎西看车。留给他两件皮大衣、两箱方便面和一支枪。

汽车熄火后，车里如同冰窖。他把两件皮大衣都套上也不管用，就在罐头盒里倒点汽油，点上取暖，熏得本已黝黑的面孔像涂了油漆。

方便面不用水泡怎么也吃不下去，嘴里像裂开了无数条口子，火烧火燎地疼。他用车上的水桶装了雪，用喷灯烤热化水后，用来泡方便面。车上也有馒头，但已冻得像石头一样硬，根本咬不动。

最后冻得受不了，他只好下了车，绕着车跑动。

连里只有那一台汽车，要救彭措扎西，只好到县上去借车。车借到了，可达坂上积雪太厚，车过不去，连长只好去向县长求援。县长马上组织人力挖雪开道，又折腾了三天。到第七天救下彭措扎西时，他已没了人样。雪盲使他的眼睛又红又肿。紫外线使他的脸一层层掉皮，嘴唇干裂，结着血痂，手脚上的冻伤则已变黑。

但彭措扎西无怨无悔，他对自己能到神山下当兵深感荣幸。他小时候曾随父母来朝山拜海，但当兵后，他很快变成了唯物主义者。

据说圣湖之水能洗掉人们心灵上的"五毒"，即贪、嗔、痴、怠、嫉。沐浴净身，灵魂可以得到洗礼。圣湖的四边有四个洗浴门，东为莲花浴门，南为香甜浴门，西为去污浴门，北为信仰浴门。前往朝圣的善男信女，如能绕湖一周，到每个洗浴门去洗刷一下，就能消除各种罪过，得到不同的福德。

彭措扎西说："作为军人，我们的洗浴门就在边关，只是我们的福德不仅仅属于自己，它属于很多很多的人。"

彭措扎西接着给我们讲了一个民间流传的故事：有一个国王召集工匠在中尼边界一个叫谢嘎仓林的地方，塑了一尊文殊菩萨像。而后，将护法神用一辆木轮马车从谢嘎仓林运往嘎尔东城堡。沿途无论遇到岩石、密林、冰川还是雪山，都能毫无阻挡地前进。但当抵达杰玛唐，与阿米里嘎大宝石相遇后，护法神停了下来，并声称："我依赖于这片土地并扎根于此。"

彭措扎西把这个充满寓意的故事讲完后，看了我一眼。

我会意地对他点了点头。

——每一个边防军人停下来的地方，就是他们"依赖于这片土地并扎根于此地"的地方。

我问彭措扎西准备在阿里干多久。他想了想，以半是玩笑，半是神圣的口气说："边防军人就是边防的护法神！在有界碑的地方，也就是那个民间故事中与阿米里嘎大宝石相遇的地方，我会停下来，说'我依赖于这片土地并扎根于此地'。"

第五章

作为精神王国的阿里

那一天，我赶到连队时，指导员王保华中尉刚带着班长向军波、专业军士李启学和战士万大平、明玛、孙锋会哨回来。六人六骑，带着冰峰雪岭的寒意，驰入营院。

他们的脸上奋拉着被高原紫外线揭下来的皮。红黑的脸膛像是刚在油锅里煎过。

他们是与山岗边防连在堞坡齐会哨的。此去全靠骑马和徒步，要在冰山雪岭之间跋涉55公里。在爬堞坡齐达坂时，累死了两匹藏马。万大平和李启学是骑着备用马回来的，其艰险和辛苦可想而知。

王保华在扎西岗工作四年，去过堞坡齐四次。由于当时边情复杂，上级命令扎西岗边防连和山岗边防连必须在指定时间在堞坡齐再次会哨，并组织对一些边境山口的巡逻。

　　他们上次去时雪已很大，这次再去，更加艰苦。但王保华决定再次带队前往。这一次他们没能在预定时间内返回连队，且与连队和上级机关都失去了联系。直到三天之后，上级认为他们已在大雪中遇难或遭遇不测而准备出动直升机搜寻时，他们却从无边雪海中冲了出来。

　　那三天，他们差点儿被大雪困死：分队在爬㻪坡齐达坂时，差点儿没有爬上去；上去了，走得军马口吐白沫，又差点儿没能下达坂。

　　王保华出生于燕赵之地，颇有些慷慨之气。从军校毕业后，他是自己要求到阿里来的。同许多边防军人一样，他对自己生活和战斗过的边关充满了故乡般的情感。

　　他那时年龄不到三十，但由于常年在高原生活，太阳辐射厉害，人已显得苍老。每次住旅馆，服务员以为他是藏族，总把他安排在民族房间。他从不反对，只在自己心里说，我生活在阿里，阿里给我一切，我就是藏族人民的儿子，和他们住在一起，我高兴，也习惯。

　　但王保华受不了别人看不起他的目光。他在老家已待不住，探亲回家，待上个把月还可以，久了，便想回阿里来。在家里待着，他就下地干干活，抱抱自己的儿子王睿。与亲友同学的交往使他感到累。人家一提起话题，就是金钱、地位。他对这方面懂得不多，和他们谈不到一起。

　　孩子是阿里军人情感的寄托。但妻子生孩子时，他没在身边。孩子已满了十个月，才见到父亲的模样。他每每想起自己第一次见到孩子的情形，眼睛就有些潮湿。

我相信，绝大多数正常的男人在第一次当父亲时，都是激动不已的。王保华正是以这样的心情奔下阿里，又迫不及待地回到家中的。岳母把娃娃推到他面前，说："王睿，这是你爸爸。"

王保华一把抱过孩子。抱得重了，孩子哇的一声哭了起来。

他一路把孩子想象得天使般漂亮，待见了面，看孩子又黑又瘦，挺可怜的，又听了孩子的哭声，心就酸了。自己也跟着孩子一起哭起来。

他在边防线上是一个铮铮硬汉，但面对孩子的哭声，他变得软弱了。

王保华正如阿里军分区所倡导的：有苦不叫苦，再苦不怕苦，苦中建功业。

的确，好多人一听阿里，脑子里首先产生的就是苦，阿里军人也回避不了苦。山高路远无所谓，山再高可以翻过去，路再远也有走到的一天。但空气缺氧是永远解决不了的。阿里如此，喀喇昆仑山如此，帕米尔高原同样如此。

有一位学员分到阿里后，被高山反应折腾得十分难受，就给他一个搞高山病研究的战友写信，问有什么解决的办法。两个月后，他收到了战友的来信。战友在信上跟他开玩笑说，可以把世界上所有的炸弹收集起来，把世界屋脊炸低一些。

　　这说明高原缺氧是没办法解决的。这也是很多人闻阿里而生畏的主要原因。但每个军人都是怀着一颗英雄胆上来的。我在采访时，在连队的黑板报上看到刚从军校分到连队不久的排长刘春宝写的诗：

　　　　浩气贯雪域，高歌行昆仑；
　　　　黄沙裹冠徽，白霜染衣襟。

　　而他的另一首诗《打靶歌》则表现了连队紧张的生活气息：

　　　　雪在飘，风在刮，
　　　　漫天遍野白花花，
　　　　队伍唰唰向前进，
　　　　今天我们去打靶。
　　　　风里滚，雪里爬，
　　　　一个个变成了冰疙瘩。
　　　　要问这是为什么，
　　　　苦练本领保国家。

　　　　雪在飘，风在刮，
　　　　浑身上下冰碴碴，
　　　　脸冻青，手冻麻，

迎着风雪眼不眨，

靶心开出蜡梅花，

大家乐哈哈。

要问这是为什么，

苦练本领保国家。

这首有着浓郁战士风格的诗勾勒了一幅生动逼真的风雪边关训练图。他们所做的一切是默默无闻的，但他们尽职尽责，以一个中国军人特有的品质认真地做着。虽然没有任何人知道，虽然到内地一提起阿里就必须拿出地图才能说清那个地方，但他们依然无怨无悔。

在扎西岗蹲点的且坎边防营营长刘杰对此深有体会。有一年年底，他和阿里留守处政委谢志强到上海警备区出差。外出一个月，就给别人在地图上指点了一个月阿里的方位。好几个人一听他们是阿里的，说只知道中国台湾的阿里山，以为是台胞，但又见他们穿着军装，就认为他们是在开玩笑。

上海物价贵，他们为了节省，就天天在一家小饭馆里吃馄饨。一个常在那里吃饭的人见一个上校带着一个上尉，天天吃这样的饭，非常感动，就叫服务员送了几样菜。两人感到很突然，就问服务员是怎么回事。服务员说是一位先生送的，那位先生不让讲。两人就死问，服务员没办法，只好讲了。与那位先生见面后，人家问他们在哪里工作，他们说在阿里。那位先生不知道阿里在哪里，刘杰就在地图上指了。那位先生更加感动，临别之际，还唱了一首《送战友》的歌送行。

刘杰最后说："为国戍边是我们的职责，受苦受难是我们应该承受的。我们奢望的，也就是一点点理解。其实，这种理解不仅仅是对我们的，还有对国家边防和国家安全意识的。"

作为阿里军人，他们的情感是属于阿里的，他们的灵魂已融进了阿里的土地，他们的血液已与阿里的河流一起流动。

阿里，是他们情感和精神的故乡。

他们正在用青春、热血、汗水，甚至生命创造一个新的"精神王国"。这个王国蕴含着生存、忠诚、职责、信念。

第三程 喀喇昆仑有多高

昆仑是把量天的尺，
昆仑是柄试钢的剑，
没有那英雄泪，
你莫靠那山边边。

昆仑是风雪的家，
昆仑是难人的坎，
经不得风雪沙，
你莫翻那冰达坂。

第一章

这是令人惶恐的高度

"昆仑者，天象之大也"，"昆仑者，广大无垠也"，"昆仑其高二千五百余里，日月所相避隐为光明也"。

抬头仰望苍茫云海，那冰冻千载、雪积万年、直刺青天的伟大山系，总会令人肃然起敬。它古老苍凉，神奇壮丽。它横空出世，阅尽天下春色。作为地球上最孤寂的高地，它苍莽千里，实实在在地存在于中国的西部，成为世界的屋脊。但由于千百年来人迹罕至，它传于世的，多为神话传说——是天堂中的至高境界，故历来是神居之所。它就是天宫。它还是极高极大之物的代名词。

它进入中国史书已经两千余年。人类想象那里有蟠桃园、瑶池、西天真经，以及天下第一美玉。

当使命将这座传说之山真实地交到共和国第一代边防军人手中时，它显得比它本身还要真实和沉重。传说中的一切都没有，只有严酷至极的现实环境。

它的第一批居民是1950年来此的一个连队的解放军。在此之前，据考古学家考证，在海拔5000米以上地区，尚未发现人类定居的痕迹。而驻守这里的边防部队，已在号称世界"第三极"的生命禁区里定居了70多年。

生物学家认为，海拔7000米的高度为陆地动物的生存极限，海拔6000米的高度为高等植物的生存极限，海拔5000米的高度是人类居住的最高界限。而驻守这个防区的三个哨所的位置都超过了海拔5000米，他们平时巡逻执勤的点位海拔比哨所还高。

这些边防官兵们，当是这莽莽昆仑上真正的神仙。

在这里，海拔高度无疑是一种精神高度。

地球上海拔8000米以上的山峰共有14座，全部集中在青藏高原上。在喀喇昆仑山上有世界第二高峰，海拔8611米的乔戈里峰，还有加舒尔布鲁木第一峰、布洛阿特峰、加舒尔布鲁木第二峰等，它们的海拔高度都超过了8000米。它们无不气势磅礴、出类拔萃、俯瞰凡尘、威慑众生。

在这里，可与之比高的只有边防官兵。他们为了国家的安全、人民的安宁，在这样的海拔高度做着巨大的牺牲。

有人比喻昆仑有多高时说，一伸手能攥住满天星斗。还有一位诗人在他的诗中写道，这是令人惶恐的高度。

但是，边防官兵没有惶恐。当然，这首先有军人的勇敢精神作支撑。只是他们的行动真像笃行修炼的人——他们不大声说话，不做大幅度的运动，没有特殊情况，也不奔跑。

生命在这里是脆弱的，如精美的瓷器。稍有磕碰，就会无声地碎裂。

这庞大山脉的力量一定来自亿万年前那声震撼寰宇的巨响，来自那次大陆的裂变和地球板块的剧烈碰撞，来自特提斯海的隆起，成为地球制高点的一瞬。

我们的车就行驶在它的一条皱纹里。前面的目的地是海拔5380米，被中央军委授予"喀喇昆仑钢铁哨卡"荣誉称号的神仙湾哨所。

哈巴克达坂像从平地里架起的天梯，只有沿着那数不清的回头弯盘旋而上，才能穿越云雾和冰雪堆积的天险最高点。这条道路打通以后，原来离天空防区指挥部最远最险的哨卡变得近了许多，艰险程度也比原来减少了几分。以前必须绕道天岔口，翻越奇普恰普山口，走惊险无比的天神达坂才能到达，要多走300多公里险途。

喀喇昆仑曾经给了世界最著名的探险家颜色，而神仙湾的官兵们却要时时面临这不可知的一切，所以有人把神仙湾哨卡称为"天下第一哨"，这是当之无愧的。

神仙湾哨卡自1956年建卡以来，已近70年了。60多年前的那个夏天，一支14人的骑兵小分队，踏着万古不化的积雪，走到了喀喇山口后面的一片小山湾里。他们在这里搭起了帐篷，虽是盛夏时节，这里却是冰雪世界，清晨醒来，每个人的胡子、眉毛上全结满了冰花。白眉银须，颇有几分仙家风态。

"哈，我们都成神仙了！"

就这么一句玩笑话，"天下第一哨"的名字就产生了。当时带队的副连长张大中定下这个点的时候，纯粹是从军事意义上考虑的，他压根儿不知自己所在之地的高度，也不知道这个高度是一个全军之最。精确地测定出这里的海拔为5380米，是好多年之后的事情了。

放眼望去，莽莽苍苍的雪原无边无际，千里之内，荒无人烟。哨所那几栋简陋的营房，孤零零地漂浮在雪海上。

这无疑是雪海中的一座孤岛。

大海中的岛，有船就可抵达；雪海中的岛，除了直升机，除了动用人力挖雪硬闯之外，是到不了的。特别是冬天，冰堵雪围，一困就是半年。官兵们被憋在房子里，真是度日如年。

我们到达的时候，神仙湾的五代营房全部保留着。新营房建好后要拆旧的，官兵们反对。他们说，留下它们吧，一是对前辈的纪念；二是房子多，看着这地方大一些，会多一些看头。

严寒、缺氧、寂寞被喀喇昆仑军人视为三大无形的敌人。这三大敌人比战争中的敌人更难战胜。战争中的敌人干掉一个，就会少一个，最终总有战胜之日；而这三大对手无边无际，随时随地都得和它交手；除非沧海桑田，昆仑下陷为绿洲和平原，否则你永难战胜它。

"飞起玉龙三百万，搅得周天寒彻。"这是它的寒。

"它是无形的剑，它是杀人的刀。"这是形容缺氧的厉害。

"报刊书信全中断，四部片子放半年。"这是它的寂寞。

三者相比，寂寞最难忍受。严寒和缺氧伤害的只是官兵们的肉体，而寂寞却噬咬着大家的心灵。由寂寞引发的苦闷，如同驱散不了的幽灵，无时无刻不在笼罩着哨所。

哨所常常出现这样的场面：战士们三个五个、七个八个在各班的房子里呆坐着，默默地想着各自的心事，三四个小时不说一句话。说什么呢？就这么些人，能说的话，该说的话，都相互诉说了无数遍，说的人和听的人都已乏味。

寂寞如蛇，这比喻再恰当不过。

在地面卫星接收天线还没有安装起来的时候，战士们有两盼：一盼团里电影队巡回放映到哨所；二盼十八医院的女医生、女护士到哨所巡诊。每次电影一开场，就是三四部，不管新片老片，只管挨着看下去，常常一看就是一个通宵。据说，战士们最多的一口气看过六部片子。战士们说这是"精神会餐"。

"烽火连三月，家书抵万金"，这里绝大多数时间一片宁静，没有什么烽火硝烟，但家书依然宝贵。因条件的限制，官兵三五个月才能收到家信，自然期盼。他们除了想知道家里的情况外，更多的是需要亲人的慰藉和关怀。

正因为如此，上山的人，首长、机关工作组，特别是那些常跑哨卡的汽车司机，他们从山下营地出发之前，一定不忘去收发室，把信和报纸装上。有了这两样东西，他们到了哨卡，就会被视为贵宾，受到最热情的款待。

指导员李万辉给我们讲了一个令人啼笑皆非的故事：

一辆卡车到了，这是开山后上来的第一辆卡车。车还没停稳，官兵们就高兴地呼喊着围了上去。一些人把半年来他们才见到的那个人从驾驶室里拉出来，一一拥抱；另一些人跳上了车，用手，用眼睛，不停地在车厢里搜索。大家突然静下来了，几乎是齐声问道："伙计，信呢？报纸呢？"

责备的目光，愤懑的话语，针一般地刺向驾驶员。

"你们，揍我一顿吧。"面对失望的官兵，驾驶员愧疚万分而又无可奈何地说。

他的做法确实太残酷了。官兵们眼巴巴地盼了半年啊！

收一次信不容易，收信的时候，往往大丰收。一次常常能收十几封、二十几封，最多的一人一次收过44封。为了使哨卡寂寞的生活有点儿新意，有的战士不肯一次把信读完，而是悠着来，一天拆一封或三天拆一封。

收信的时候一致快乐，读信的时候则神情各异：有高兴的，有伤心的，甚至有突然号啕大哭的。

张甲勇是炊事班长，这一年4月18日换防上山之前，他还和家里通话。5月23日，连队的信带上来，他收到了两封信，很高兴，一边吃饭一边读信，突然就趴在桌子上大哭起来。原来，他的父亲在4月21日突然病逝了，当时他正坐在往喀喇昆仑开进的汽车上。

但这种情况毕竟不多，读信大多是一种难得的享受。不知从什么时候起，连队形成了一个传统，每个人的信也是大家的信。有高兴的事大家一起高兴，有什么不幸大家一起承受。自然有了什么棘手的事儿，也相互商量，出谋划策。还可以使一些偶尔没收到信的人，能分享到来信的快乐。

对象的信一般是不许第三者看的，但在这里，就另当别论。谁的对象来信了，本人很难成第一读者，往往在全连传遍，本人才可能读到。那些偶尔夹着照片的信，更是如此。

事实上，哨所一般就三四十号人，天天在一起，每个人的情况，彼此基本上都了解，彼此之间，几乎没有保留。

这比一家人更像一家人。

哨卡生活清苦孤寂，但他们能想出各种办法，使平静寂寞的生活涌出几许波澜。

20世纪70年代曾流行过一首歌："手握一杆钢枪，身披万道霞光，我为伟大的祖国站岗……我站在边防线上，如同站在天安门广场……"那时，很多战士是在电影和图片上见到天安门的。不知哪一天，一位战士动了灵机，提议在哨卡前的雪地上垒一座天安门城楼的模型，没想到大家一致赞同。大家搬石头、化雪、和泥，把一座城楼模型建起来了。风搏雪蚀，曾矗立了 20 多年。它除了为官兵们增添宝贵的慰藉，还能让大家从中悟出一些寂寞生活的意义。

每到入冬之前，陆军第十八医院都要派一支医疗队对一线各哨所的官兵进行一次全面体检。有一次随医疗组到神仙湾体检的女护士有两人，一个叫李翠芳，另一个叫席淑华。两位女护士原来只听说过神仙湾多么艰苦，到了后才体验到了。她俩吃什么吐什么，好像是比赛似的。两人由此感慨万端，就想着要给这些可敬的战友们做一点事。她俩就去各班收集破了、烂了的军衣，说要为大家补一补。这一下，可把大家给感动坏了。自她们来到哨卡那一刻起，一举一动都被战士们看在眼里，大家挺心疼她们的苦样子。可照料她们的有连部的通信员，班里的战士挨不上边。他们希望接近她们，就是找不到理由。女护士要替他们补衣服，这太好了。在士兵眼里，两位护士已经够美的了，心肠又这么好，更把她们看成了仙女。

熄灯了，女护士们点着蜡烛继续补。烛光下，她们的剪影，使整个神仙湾弥漫着一种温情。

报务员龙林颇有几分才气，被医疗队女性的温情所感动，当即吟出一首打油诗："千里巡诊到哨卡，白衣天使人人夸。深夜秉烛补军衣，一片真情映朝霞。"

其实，自 20 世纪八九十年代以来，战士们烂了的衣服，一般也不穿了。但大家还是希望自己有衣服让她们补。补衣已是次要的，这只是一种与异性沟通的方式。

三十里营房医疗站对于喀喇昆仑，甚至千里之遥的阿里，都是一道亮丽的风景。站里的女护士们就是这里的氧气和花朵。

韩敏是护士长。她当兵在乌鲁木齐，从军医学校毕业后分到了陆军第十八医院。她在医院工作了好几天，才知道有个三十里营房。她当年就上去了，和胡丽、姜云燕、龚慧、何艳荣一起，到了这个她从没梦见过的地方。当时刚开山，路只通到三十里营房，还上不到边防一线。一见这里如此单调、枯燥和乏味，她和同事们就想着扎一个大风筝，签上名，让风筝飞上高空，好让哨卡上的战士们看见。但这风太大了，又老打转儿，放不起来。她们就给神仙湾的战士勾衣领衬。开头就何艳荣会，大家都跟着她学，最后给每个官兵勾了一条；之后，又给每个人织了一双手套。后来，上到哨所见战士们嘴唇干裂，又把自己带的润肤膏送给了他们。这些东西战士们都舍不得用。他们小心地珍藏着，像珍藏着一份人世间最珍贵、最纯洁的情谊。

夏天来了，三十里营房旁的喀拉喀什河边萌发了一些小草，红柳也萌了芽，温室中的菜也长出来了。绿色在边防哨卡很难见到，即使初夏，上面还大雪飞扬。余元伦技师就想着给战士们送点绿。女孩子们马上动手，采来小草和菜叶，拼贴成《江南水乡图》《春》《绿色士兵是棵绿色的树》等图案，配上小诗，取名为《绿色畅想》，送到了神仙湾。战士们传看着，好些战士都感动得哭了。他们作为男人，当时只能用眼泪表达自己对她们的感激。副班长王全寿流着泪，向她们行了个军礼，说："谢谢几位姐姐，我会永远记住你们。你们永远是我们心目中最美丽、最善良的人。"

第二章

你永远陪着大家

在神仙湾，有一座被冰雪覆盖的坟茔，那是教导员沈鹏生的。赵金宝上神仙湾后，常到坟茔跟前去。他长着一张可爱的娃娃脸，还带着天真气。有一次，他站在坟前，立正，敬礼，然后认真地说："沈教导员，我是您的晚辈，您为了陪我们，长留于此，您就把我当您的孩子吧。"

沈鹏生是第一个倒在神仙湾的人。哨卡定点后，他骑着骆驼来到了神仙湾。最早矗立在神仙湾的几栋石垒营房，就是他带着修建起来的。建房所需的成百上千方沙土石头，全靠官兵们一小袋一小袋，一小块一小块，像蚂蚁搬家一样，从谷底的河滩上肩扛背驮带上来的。

在高海拔地区，即使坐着什么也不干，也相当于在平原上负重二十多公斤。所以，再壮实的汉子，一次背着二十来公斤沙石，也得三步一歇，五步一喘。

沈鹏生就是在劳累中倒下的。弥留之际，当战友询问他还有什么要求时，他断断续续地说："神仙湾气候实在太恶劣，守卡的战友实在太苦太寂寞，我希望埋在这儿，永远陪着大家……"

赵金宝在新兵营就听说过沈鹏生的故事，为此他主动要求上神仙湾。他觉得有个前辈埋在那里，也就是一个亲人埋在那里了。他还有一个很充足的理由就是：既然到驻喀喇昆仑山的部队来了，不上山守一遭，太亏；既然上山，就干脆上到神仙湾。但新兵训练结束后，他被分到了团后勤处。团部驻地泽普，比起山上来，简直是天堂。但他执意要上山。

赵金宝一天之内给团长送了三份决心书。但团长看他年纪小，不同意。他就咬破指头，又给团长、政委各写了一份血书，终于如愿以偿，他成了上到神仙湾的最年轻的士兵。

他第一次走进世界上最庞大的山系，第一次踏上了惊险无比的"天路"，第一次领略了让人欲死欲活的高山反应带给人的痛苦——他头痛欲裂，呕吐不止。待上到神仙湾，他已瘦了一圈，显得更单薄、瘦小了。

在神仙湾，要过的第一关就是吃饭。刚上来时，没几个人能把饭咽下去。再好吃的东西，嚼在嘴里都味同嚼蜡，下咽时如咽泥巴，一咽进去就想呕吐。赵金宝是吃什么吐什么，最后连喝水都吐，无奈只得靠输液维持生命。

手下的兵吃不下饭，连队干部自然着急，于是开展了一项独特的活动，叫吃饭竞赛。竞赛的标准是：一碗及格，两碗良好，三碗优秀（一个馒头相当于一碗米饭）。连队宣布，吃饭将视为守防工作表现，竞赛每天进行，每周评比一次，得优秀、良好多的，半年和年终总结时，优先考虑评功评奖。

赵金宝一月之后，才获得了一次优秀。但他很高兴，作为一名神仙湾的军人，自己已战胜了面临的最强大的敌人。他开始训练。开始时，他还老吃"病号饭"。不过，这里的"病号饭"不是鸡蛋面，也不是绿豆稀饭，而是氧气。赵金宝训练着，眼看摇摇晃晃，要倒下去时，就赶紧扶住氧气瓶吸上一会儿氧，然后又稳稳地站起来，走向训练场。

氧气是哨所灵丹妙药，是这里的生命保护神。因为这里的一切不适应，都是大气缺氧造成的。

过去氧气瓶一般都放在医务室，后来每个班都配备了，再后来，就可以自动制氧了。一到哨所，军医马上会将供氧办法教给大家。谁要是挺不住了，就可以凑上去吸一阵。但平时大家尽量坚持少吸，以使自己的身体尽快适应缺氧环境，只有这样，才能在这里完成守卡任务。

赵金宝进步很快，通过训练，他参加了连队举行的演习。他和战友们趴在雪地上形成战斗队形，向目标接近。当离目标还有100米的距离时，指挥员下达了"发起冲击"的命令。战士们腾身而起，全速扑向目标——30米、50米、

60 米，不断有士兵扑地倒下。赵金宝像一头幼狮，还在向前冲锋，他是演习分队 24 个人中坚持冲到目标的 5 个人之一。整个演习有 8 个人吐血。赵金宝攻占目标后，也把一口浓血吐在了雪地上。但他没有在意，踢了一团雪，把它掩盖了。

阿里和喀喇昆仑防区因为边情复杂，要求每个哨所都相对独立。每个战士必须以一当十，不但要会使用冲锋枪、步枪，还要熟练使用机枪、高射机枪、迫击炮等武器。所以，训练是很紧张的。

但在严寒缺氧的高海拔地区，动作力度一大，就有可能当场死亡。1997 年换防上山的连队司务长，在一次蹲下去解大便后，就再也没能站起来。在高海拔地区，心脏每分钟跳动的次数 150 余次。突然间剧烈运动，已经超负荷运转的心脏难免绷断生命之弦。

赵金宝虽吐了血，但感到了作为一名士兵的荣誉。他觉得那口血在雪中洇浸开去，很美，像一朵盛开的鲜花。

不久，他参加了巡逻，到达的点位是喀喇昆仑山口。这是他主动要求去的。洁白的冰雪世界一尘不染，阳光洒在雪上，被雪反射着，形成了无数个跳跃的光的精灵。他高兴地摘下墨镜，捕捉着这冰雪世界的美。他不知道这些小精灵正伤害着他的眼睛。

回到连队后，他患了雪盲，连着一个星期泪流不止。正在这时，家里来信了。他看不见，只好让战友帮他念。

之后，又托战友按他口授的意思写了回信，交给离卡的军车带下山去寄走。

谁知麻烦来了。赵金宝的父母收到信后，发现字迹不对，马上害怕起来，母亲当即哭了："金宝自己都不能直接写信，一定是出了什么事情了。"他父母一急，马上来电报询问，并要赶到部队看个究竟。赵金宝只得赶紧让团部的战友给家里拍电报，说明原因。这样，才使父母放了心。

哨所最高的地方是一号阵地，高耸在营房后面。哨所的观察哨就设在上面。通往哨位的小道50多米长，蛇形而上。但这条小路对于初上哨卡的人来说，如没人扶持，爬上二三十米，非得倒下不可。赵金宝刚上来时，每次都要提前15至20分钟出发上哨，因为他爬得慢，又怕误哨。有天凌晨2点钟，他去换夜哨，突然下起了大雪，平时清扫开的雪中通道，被雪封住了。他咬着牙，手脚并用，一步一步向上爬，中间两度昏迷，但他硬是爬到了哨位上。他的身后犁出了一道深深的雪沟。

赵金宝在站哨时，再大的风雪都不放下帽耳，也不进到哨楼里去。他说："不放下帽耳听得清，不到哨楼里去看得远。"

赵金宝把很多困难都战胜了。这个士兵正变成一个越来越优秀的边防军人。但他的健康却出现了问题，身体越来越虚弱。

连队决定在大雪封山之前把他送下山治疗。

但赵金宝死活不同意。最后，连队只好把他强制着送上了卡车。临行之际，他对战友们说："身体好了，我会立即上来。"

谁知，刚走出哨所 30 余公里，一场暴风雪袭来。车子陷进雪窝后翻了。赵金宝被摔出了车厢。

不知过了多久，他在风雪中苏醒过来。看着倒扣着的军车，他想起了其他的战友。他的手脚早已冻僵，就用双肘支撑着，向军车爬去。驾驶室里的三个人被挤压着，打不开车门。他用尽所有的力气去拉，也没把车门拉开，就在雪地里找了一块石头，用力地、一下又一下地砸着车门。车门砸开了，赵金宝由于身体本就虚弱，加之翻车，再加之砸车门时用力过猛，当即倒在了雪地上，再没醒来，送到跟前的氧气都没来得及吸上一口。

他倒下之际，叫了一声沈鹏生的名字，后面的话没来得及说出来。

他也许是要说："教导员，我希望葬在您的旁边，陪着大家，也陪着您。"

第三章

西海舰长

在喀喇昆仑山深处，有一颗璀璨的明珠——班公湖。湖面海拔超 4200 米，东西长 150 余公里。在湖北岸的班摩掌，驻守着世界上海拔最高的水兵，即边防某部水上中队。

水上中队的前身是海边某水上交通中队。1962 年，为了加强班公湖我境水域的巡逻，这个水兵中队奉命西迁。他们从长江入海口出发，翻越唐古拉山、喜马拉雅山、冈底斯山，万里西进，一直来到喀喇昆仑山腹地。

从美丽的东海岸来到雪域高原，水兵们在高原地形、航线、水性不熟，高寒缺氧造成的非战斗性减员增多的情况下，不顾万里远征的疲劳，一面挖堑壕、垒碉堡、构筑工事，一面进行水上火力增援——诸如战舰强击、爆破、战场救护、泅渡潜水等一系列战斗演练。

宋思久是水上中队第十任队长。因为战士们把班公湖叫作"西海"，宋思久就得了个"西海舰长"的美名。他从战士到副营职队长，在水上中队待了10多年。

初到班公湖，宋思久遵照老班长的吩咐，轻轻地跳下汽车。湖面还没完全封冻，深蓝色的湖水，飞翔的斑头雁、天鹅、野鸭，高耸的美丽雪峰，蔚蓝的天空和天空中的白云，构成了一幅壮美、神奇的图画。几天的长途跋涉，眼见的只是深褐色的大山和高耸的雪山，眼前的景象使他恍然如梦。

次日一早，中队安排他和其他新兵熟悉环境。

巡逻艇乘风破浪，犁碎了雪山映在湖中的倒影。宋思久曾做过水兵梦，幻想能在大海中劈波斩浪，没想到当了一名高原水兵。不过在这万古枯荒的喀喇昆仑能与水做伴，他也感到满足了。他为自己能在这里当一名水兵甚感荣幸。

宋思久从此和班公湖打上了交道。

每天，太阳刚从雪山顶上探出头，悬挂着国旗的巡逻艇便斩开薄冰，向边境水域巡航而去。宋思久第一次巡航就遇到了风雪。狂风夹着雪花，把班公湖搅得天昏地暗。巡逻艇在风雪中摇晃着穿行。高山反应本来就使人容易呕吐，这一颠簸摇晃，使几名新兵把着船舷，把胆汁都吐了出来。正在大家吐得天昏地暗的时候，巡逻艇又被一块暗礁顶住，搁浅了。官兵们跳入冰冷刺骨的湖水，推的推，拉的拉，折腾了半天，终因人少力单，未能推动。两名战士连忙向中队驻地发信号求援。但是因为风雪茫茫，中队没有收到信号。

眼看天快黑了，若不尽快请人救援，不仅全艇人员夜间有冻伤的危险，巡逻艇也可能被刮翻撞沉。见大伙儿个个心急如焚，自小在汉水边长大的宋思久拍拍胸脯，对带队的分队长说："我水性好，我游回中队去报信。"

"可你是第一次巡逻，这水域你不熟悉。水又这样冷，你受得了吗？"分队长不放心。

"我知道中队的方向。冷嘛，我能坚持。"他说着，已穿上了救生衣。

分队长点点头，同意了他的请求。

天寒，水冻，湖面上漂浮着碎裂的冰块。宋思久一扑下水，寒冷便直往他的骨髓里浸，牙齿也冻得咯咯直响。开始，他还能展臂遨游，不久，就四肢麻木，划得越来越吃力。他看准了中队的方向，随浪漂浮两个多小时后，终于上岸。当他颤抖着出现在营门前时，战友们见他的头发、眉毛全都冻结上了细小的冰凌，皮肤上有被冰块划出的道道血痕。

每年一过10月，班公湖就结冰了。一个冬天下来，冰的厚度完全可以承载卡车。这时的巡逻一般是徒步踏冰前行。到四五月份，冰雪融化后再乘艇前往。这时节浮冰横行，常常是最危险的时候。

宋思久任副中队长时，有一次带舰队组织水上训练，一块比足球场还大的浮冰顺水漂来，舰队一时躲不开。这时，浮冰如果"咬"住战舰，盖上甲板，舰艇和全体人员都将葬身冰湖，情况万分危急。已具有 10 年水上航行经验的宋思久沉着冷静地指挥："把稳方向，迎着浮冰前进，绝不能熄火！"

结果，浮冰顺着翘起的船头把战舰推上了岸。浮冰插入湖底，在岸边拱起一座小山。随着一声巨响，浮冰断裂，大家脱离了危险。

喀喇昆仑军人有一首自己的军歌，歌名叫《昆仑是把量天的尺》。它在喀喇昆仑已流传好多年了。宋思久从当兵时就唱这首歌，一直唱到现在，没有丝毫的厌倦感。

昆仑是把量天的尺，
昆仑是柄试钢的剑，
没有那英雄泪，
你莫靠那山边边。

昆仑是风雪的家，
昆仑是难人的坎，
经不得风雪沙，
你莫翻那冰达坂。

作为军人，即使你不想靠这昆仑的山边边，不想翻那冰达坂，你也得靠，也得翻。谁都希望过平安舒适的生活，军人却得时时与危险打交道。

水上中队的巡逻艇是用超大平板车从内地走青藏线运到班公湖的。每次更换新的巡逻艇都必须组成特别车队，穿越青藏高原上的唐古拉、念青唐古拉、喜马拉雅、冈底斯、昆仑五大山系，跨越数百条冰河，历经数省（自治区）二十二县，雄关挡道，天堑纵横。仅翻越的达坂就超110座，往返行程11800多公里。所经地区，海拔多在4500米以上，冰川雪海相连，荒无人烟。押运的巡逻艇固定在平板车上，超高超长，行驶困难。宋思久已先后三次执行这项任务。

有一次，车队从格尔木出发后，大型平板车在十辆车的保障下，翻过唐古拉山口，到达了拉萨。再从狮泉河，溯雅鲁藏布江而上，越过冈底斯山脉，闯过"十三圣湖"无人区，到达班公湖边，需要四十多天。这四十多天车辆所需的油料和保障、押运人员的食品等物资全得在拉萨备齐。

车队从格尔木到拉萨还算顺利，只是巡逻艇超高超长，经常挂断电线。他们在无力恢复时，可以不恢复，这是西藏自治区领导特批的。但一过日喀则，几乎荒无人烟，很多线路属于军事线路，挂断之后，必须恢复。所以一遇到横跨公路的线路时，宋思久和一名专业军士张天文就爬到巡逻艇上，把电线托起来。快到拉孜时，公路一边是汹涌澎湃的雅鲁藏布江，一边是望不见顶的突兀的山崖。转过一道弯，前面出现了两根横过公路的电话线，平板车马上减速。

宋思久和张天文赶紧把电话线托起，不料当时刚下雨，又是下坡，平板车刹车不稳，猛一打滑，向前冲去。宋、张二人只顾扶线，没提防平板车打滑，站立不稳，一个趔趄，差点儿摔进一侧的大江里。急慌之中，两人各抓紧了手中的电话线。这时，平板车已滑出10多米远。

两人被悬挂在了电话线上，身子晃荡着。一阵江风吹来，他俩的帽子飞进了江中。两人离地七八米高，抓在手中的电线像抓住的救命稻草，如支撑不住，后果不堪设想。

空气骤然紧张。

战友们一面指挥平板车往后倒，一面向他们大喊："坚持住，坚持住！"雅鲁藏布江惊涛拍岸的轰鸣声、大风从山谷中掠过时的呼啸声与战友们的喊叫声搅和在一起，空气紧张得像要爆炸。

平板车刚倒回来，宋思久手中的电话线就嘣的一声断了，他摔落在了巡逻艇上，又顺着巡逻艇滚到平板车上。张天文则安然落在了车顶。

从那以后，宋思久就常给人吹牛说自己命大。还说，命大，必定福也大。也怪，从那以后，他往返、奔波于新藏天险，出入于冰山达坂之间，都安然无事。

其实，他还有"一大"没有说，那就是胆大。这仅从那次过拉孜渡口就足以说明。

　　喜马拉雅、冈底斯山无尽的冰峰雪岭为雪域中的雅鲁藏布江提供了充足的水源。它狂傲不驯、不可一世地穿山夺谷，直奔印度洋。当时拉孜没有桥，渡口的装备简单得近乎原始。80多米宽的汹涌江面上，只有一只最大载重量为28吨的渡船。渡河时，来往车辆开上船，渡口工人在两岸转动绞盘，带动滑轮，将渡船拽向对岸。

　　八九月份，正值涨水季节，江心水深近10米。江风一般都在五六级以上。渡口工人一看载着巡逻艇的平板车开来，如小山一般，坚决不让上船。渡口管理所所长连连挥手说："不行，我这渡口过不了你那大家伙。实在要过，得再等一两个月，等洪水退了，再试试看。"

　　车队万里西行，到这里已走了多半。但前面多是险途，车队不可能在这里停留太久。一旦进入10月，大雪就会封山，后面还有20多座达坂，那时，纵然过了江，也过不了那一道道冰雪天险。

　　宋思久只得拿着特别通行证去缠渡口管理所所长。所长双手一摊："你们硬要渡河，可以，但有一条，得写下保证书。渡船若翻了，人员出现伤亡，你们包赔，你们的任何损失，我们概不负责。"

　　几天来，宋思久对渡运情况观察过很多遍，并对风力、水的流速、钢缆的拉力进行了精确计算，权衡再三，说了声："行，我签！"

　　平板车小心翼翼地开上了渡船。谁料渡口那十几个工人一见，害怕了，全跑得没了踪影。

好在这不是什么高科技，一看就会。宋思久一挥手："我们自己渡。"

渡船缓缓启动，在激流和江风中晃动着，像个醉汉。吃水线逐渐接近了极限。绷紧的钢缆"铮铮"作响，每个人的心都提到了嗓子眼上。

附近的群众都跑来看热闹，一见吃水线接近了极限，都吓得不吭声了。

宋思久心里有数。他不慌不忙，沉着指挥，终于顺利过江。

数日之后，平板车平安抵达班公湖边，在欢呼声中，平板车倒退着扎进湖水，渐渐深入。巡逻艇脱离平板车，浮上了碧波荡漾的湖面。宋思久高兴得第一个进入巡逻艇驾驶舱，启动了发动机。巡逻艇如离弦之箭，直向水波浩渺的班公湖深处驶去。

第四章

姜云燕的昆仑女兵梦

1992 年 7 月，姜云燕初中毕业。这个苦命的女孩子不满周岁，母亲就去世了；5 岁时，父亲又离开了她。好心的堂姐姜秀珍把她收养，像养母一样，用一把把汗水把她拉扯成人。

中考回家后，她一边做农活，一边等着高中录取通知书。最后高中没考上，她当了农民。

她记得非常清楚，因为那天的那个时刻改变了她一生的命运。那也是她充满传奇色彩的昆仑女兵梦的开始。

那天是 1993 年 6 月 30 日。

6 月对地处河北定兴县的农民来说，是个忙季。中午一点钟她从庄稼地里赶回来吃饭，姐夫顺手打开了收音机。中央人民广播电台"军事生活"节目正报道三十里营房医疗站的事迹。她只听了个尾，听到了"昆仑山"和"吴凡英"

的名字。听了以后，她就想，如果有一天我能到那里去当一名女兵，那该多好啊！

那时，她还不知道昆仑山有多远、多高、多荒凉。对她来说，它只是一个很美、很宽广的如梦境一般的地方，即使那高大山脉的方位对她而言是陌生的。

在这之前，她和中国千千万万的少男少女一样做过当兵梦。

在那一天的那个时刻，该有多少人收听那个节目，又有多少个和她同龄的女孩子有过她一样的想法呀。但很多人想想也就算了，只有姜云燕反复地想这件事，然后决定上路。

她跟姐姐说了。姐姐看了她好一阵子。她没想到自己的妹妹会有这样天真的想法。

姐姐问她："你知道昆仑山在哪里吗？"

"西边。"

"西边，西边大得很。"

"只要那山在，只要有那个医疗站，我总能找到它。"

"别人不收你当兵怎么办？"

"不收我当兵，我再回来。"

"可你一个人去，又那么远，我怎么放心得下！假如出个什么事儿，我怎么向你死去的父母交代？你还是收了心吧。我们是农民的命，莫要奢望那么多，那些不是我们能得到的。常言说得好，命里只有八合（音gě，10合=1升）米，行遍天下不满升。"

姐姐把话封死了。她还是天天缠着、磨着。缠磨了好几天，心软的姐姐终于同意了。

姐夫到村上、乡上、县上开了证明。所有手续办妥，已是 8 月 18 日。全家凑了 300 元钱。姐姐给她煮了鸡蛋。她到北京买了到西宁的火车票。姜云燕向人打听了，昆仑山在西藏。姐妹俩抱头哭了一场，火车就载着她轰轰西去。

到西宁，她向人打听去昆仑山咋走，人家让她往格尔木去，她又坐了去格尔木的火车。打听到有班车到西藏，就上了车，见一车都是藏族人，说话也听不懂，就下来了。她到西藏军区驻格尔木办事处招待所住了下来，想另找一辆上西藏的军车，把她带上去。

她不知道"三十里营房医疗站"这个名字，就向一位军官打听"昆仑山前哨医疗站"，说站上有个叫吴凡英的阿姨，她要找这个阿姨去。那位军官也不清楚。他说，从格尔木到拉萨要过昆仑山，但这一路都没有医疗站，让姜云燕到驻格尔木的陆军医院去问问。

姜云燕在陆军医院没有问到吴凡英这个人。医院在昆仑山也没有设医疗站。

她非常失望。她的钱已不多，她不能在这里停留太久，回到招待所后，准备返回老家。当她把包袱提在手中，就哭了。走了这么远的路，却连那个医疗站在哪儿都不知道。她不死心，刚好有个志愿兵开了一辆卡车，也来招待所住宿。她就去问他："大哥，你知道昆仑山有个前哨医疗站吗？"

"哪个昆仑山？"志愿兵倒很热心。

"就一个昆仑山吧。"

"不是，有昆仑山，还有个喀喇昆仑山。你说说看，你一个小女孩子找昆仑山干吗呢？"

姜云燕把自己的愿望讲了。

志愿兵看看这个勇敢的女孩子，很激动地说："你算问对人了。我在广播里也听到过这个医疗站，不过不叫什么前哨医疗站，而叫'三十里营房医疗站'，在喀喇昆仑山上。要往新疆走，具体在哪个地方我也不清楚。"

"大哥，你得记清了，是不是真在新疆？"

"没错，绝对没错！"

姜云燕一听非常高兴。她想：不管这个医疗站在哪里，只要有一线希望，我就要走到头。

当天，姜云燕就乘火车返西宁，没曾想到西宁后，得了重感冒，头痛发烧，咳嗽，非常难受。她举目无亲，孤苦伶仃，一下子想念起姐姐来，忍不住哭了。她不想再往前走了。但这种念头马上被自己否决：我既然出来了，不到达要去的地方，就决不回去。

她嫌快车的钱贵，就在西宁买了到乌鲁木齐的慢车。为了节省钱，她每天只吃一包方便面和一个鸡蛋。

五天之后，她到了乌鲁木齐。当时感冒还没有好，对新疆的气候又不适应，感到身体发虚，走起路来，两腿发软。她首先买了一张新疆地图。在地图上找到了喀喇昆仑山，又在那深褐色的地貌中，找到了"三十里营房"这个地名。

"真有这个地方，真有这个地方！"姜云燕高兴得不行，当即问卖地图的人到那里去怎么走。那人说可坐汽车直接到喀什，后面的路怎么走，只有到了喀什再去问。

姜云燕当时只剩下了100多元钱，到喀什的汽车票太贵，她买不起，得知火车已通到库尔勒，就先买了到库尔勒的火车票。到达库尔勒后，没有指路的人，她总是不放心。她感冒还没好，加之从西宁出发后，就没有好好睡个觉。她想在库尔勒找个部队问一问，待问清楚了，再往前走。

她找到了库尔勒军分区。一个叫王自体的战士告诉她，从库尔勒可以直接到喀什，然后再搭便车到三十里营房。

到喀什的车第二天才出发，王自体把她送到军分区招待所住下。第二天，又送她到了汽车站，并告诉姜云燕："如果去了后找不到，需要帮助，再回来找我。"

经过两天两夜的颠簸，她到了喀什，身上只剩下20多元钱，根本不敢在喀什停留。当天傍晚，就坐上了到叶城的汽车。到叶城已是夜里两点。她无处可去，只好在车站待了一夜。至此，她已身无分文。

她还不知道新疆起床的时间该是何时，6点多她就醒了，这在新疆还是凌晨，清冷的街上没有一个人。但她怕自己回到车站后又睡着了，就在街上走来走去，等待天亮。直到9点左右，街上才零零星星地有人走动。

她看见了一个汉族姑娘，就跑上去，连叫大姐，问上昆仑山怎么走。

叶城驻军很多，是一座兵城，汉族女性多为军官家属，即使不是，她们也从上上下下的军车知道上喀喇昆仑山的路。那姑娘告诉姜云燕，让她去留守处找便车。县城到留守处还有好几公里路，她忍着饥饿，边问边找。找到留守处，问一个军官上喀喇昆仑山在哪儿坐车。

军官问她："你到喀喇昆仑山的哪个地方去？"

她说："三十里营房医疗站。"

"找谁？"

"找吴凡英阿姨。"

"吴凡英就在叶城，在十八医院，她是理疗科主任，你不用上山去找她。"

姜云燕一听就激动得哭了。那位军官给她找了一辆去县城的车，让那车把她送到了十八医院。

吴凡英听了姜云燕的讲述，像一位慈祥的母亲，抱着姜云燕哭了。姜云燕也哭了，她觉得自己像见到了久别重逢的亲人。她没想到，她和吴凡英以前从没见过面，吴凡英却待她如亲生女儿一般。她给姜云燕做了饭，让她洗漱后，把她带到了机关，然后把她安排到了女兵排。

因为一路劳顿，她病了。医院副院长给她做工作，让她先把病养好，然后院里负责送她回家，并说："哪有像你这样来当兵的呢？"

她说："当不成兵也没啥，我能在这里给你们做点什么，哪怕做做饭，扫扫地，也就心满意足了。"

从那时起，十八医院就有了一名"编外女兵"。她帮医院打扫卫生，到炊事班帮厨。有时，一听到从三十里营房换防下来的女兵讲山上的事，她就着迷。她想，不管能不能当上兵，她都要到那里去看一看。

转眼到了 11 月份。有一天，政治处李主任把她叫到办公室，和蔼地问她："如果让你上山，天天做饭、喂猪，你干不干？"

姜云燕说："只要能让我上山，不管干什么工作都行。"

主任笑了，说："告诉你一个好消息，医院帮你办了入伍手续，南疆军区已特批你入伍了。"

"真的？"

"真的，你很幸运。这种情况在部队极少，你的勇敢和诚心感动了我们。"

"谢谢主任，谢谢！"姜云燕的泪水再也止不住了。

1993 年 12 月 1 日，姜云燕穿上了军装。

姜云燕在陆军第十八医院先当炊事员，在病号灶做饭。一个月后，开始跟着医生学习消毒等护理知识。

1994 年 4 月 28 日，副院长张西洲要带医疗队上喀喇昆仑，她也要求上去。张西洲同意了。她激动得一夜没合眼。

半年多的时间里，她一直听着关于那里的故事。

三十里营房医疗站位于喀喇昆仑腹地，主要担负 30 多个海拔 4500 米以上的哨卡和新藏公路沿线兵站、机务站、武装部以及地方养路段、运输站的医疗救治任务。1996年，被中央军委授予"喀喇昆仑模范医疗站"荣誉称号。

在这个充满死亡威胁的险恶世界，自建站以来，医务人员就奔波在40万平方公里的雪山荒原，做着生命禁区的"生命守护神"。

医疗站的人员深知，高原恶劣的气候环境，随时威胁着边防官兵的健康和生命。像感冒、鼻出血这类平原上的小病，在高原上稍不注意就会引起重病甚至死亡。要在这样艰苦、险恶的条件下巡诊治疗，其困难程度可想而知。医疗站和边防官兵所处的环境是基本相同的。在医疗站工作过的几百名医务人员，几乎都遇到过各种各样的险情，都有出生入死、死里逃生的经历。军医马勇在10多年的高原巡诊生涯中，累计翻车竟达8次之多。

医疗站19岁的维吾尔族女护士吾尔哈提有一次去哨卡抢救危重病人，在海拔5000多米的冰达坂上突遇暴风雪，在生命的最后一息，她还爬行在空旷的雪原上，而挂在身上的出诊包仍死死抓在手里……

有一年元旦前夕，距医疗站500公里的空喀山口哨所发来急电，两名战士高山昏迷，一名战士患急性阑尾炎并发穿孔，急需抢救。站里立即派出外科主治军医陈占诗、护士李勤等5人前往抢救，当他们行驶到离哨所100多公里的地方时，车陷进了2米多深的雪坑里。这里正是被人称之为"死亡沟"的舒木野营地，海拔比神仙湾高4米，即5384米。当时风狂雪大，气温零下40多摄氏度。他们清楚，如果不尽快摆脱困境，等待他们的将是死亡。于是，他们不顾一切地挖雪推车，耗尽力气，奋战了4个小时，也没有把车推出来。他们只有钻进吉普车里。饥饿、寒冷和越来越重的高山反应，使李勤、李桂英、杜国才3人大小便失禁，脸也肿得像面包一样。两脚冻得连鞋都脱不下来。驾驶员小李因极度饥饿，抓起雪大把大把地往嘴里塞。

陈占诗看到一辆也是被雪陷住后遗弃在那里的军车，冒着随时晕倒再也爬不起来的危险，去那辆车上找吃的。他找到了四盒罐头，但他已没有高兴的力气。头像要胀裂，心口上像压了几块大石头。他抱着罐头怎么也走不动了。于是，他把罐头放进大衣口袋里，趴在雪地上，手脚并用，一寸一寸地往回爬，100多米的距离，他竟爬了40多分钟！

当他把罐头拿到同事们跟前时，他们都冻得张着嘴说不出话来了。他急忙把四个挎包蘸上汽油点燃取暖，然后将结冰的罐头在火上烤了烤，分给大家吃。吃了罐头，4个人才结结巴巴地说出了话。

20多个小时过去了，依然没有看见营救他们的车辆。

尽管5个人紧紧地挤在一起，仍然抵御不了那透彻骨髓的寒冷。腿想动，动弹不得；嘴想说，说不出来；心想哭，哭不出声。只有5双眼睛无言地对视着。

作为医务人员，他们已经知道生命的危险时刻正加速到来。

陈占诗费力地从身上摸出笔来，对其他四人说："同志们，为防万一，大家有什么交代的，就写下吧。"

他们一听他的话，眼泪唰地流了出来，这眼泪又很快在脸上结了冰。

陈占诗想了想，首先歪歪扭扭地在出诊包上写上了这样一句话：战友们若能发现我们的话，也许我们已经变成几具冰雪塑像了，但使我们内疚的是，没有完成抢救病员的任务，我也没能把4位同志安全地带回去。

接下来李勤写道：如果我被冻死在这里，要么就埋在康西瓦，要么就把我送到父母身边去……

其他三人已昏迷过去。李勤没写完遗书，也不行了。陈占诗抓起罐头盒里剩下的一点橘子瓣，往他们嘴上抹。他在心里呼唤着："好弟妹们，就是要走，也再吃一点东西吧。"但过了没多久，他眼前一黑，也就什么都不知道了。

从三十里营房出发后的第五天早上，一束灯光刺破雪雾，把他们救上了牵引车。到哨所苏醒过来后，他们立即展开救治工作，为得阑尾炎的战士做了手术。三名战士都得救了，而李勤却因严重冻伤，被截去了两个脚趾，造成终身残疾。

这些故事没有让姜云燕胆怯，反而激励她像老医护人员那样，走上喀喇昆仑。

在上山的路上，张西洲又给她讲了贾云中和李忠计的故事。

有一次，站里派贾云中等两名护士前往神仙湾哨所接一名双脚冻伤的战士。在返回途中，由于汽车颠簸，风雪又大，那位战士被冻得蜷缩成一团，并不停地呻吟，为了使战士冻伤的脚不再受冻，减轻痛苦，贾云中想用自己的身体温暖战士的伤脚。她知道，这脚再保不了温，结局就是截肢。小伙子开始说什么也不愿意把自己的脚放在一个大姑娘怀里。贾云中生气地说："如果你的脚好端端的，我也不会这样做，你就把我当你大姐吧。"战士流着泪同意了。就这样，最终保住了那位战士的脚。

李忠计为抢救一名病危战士，献出了 1800 毫升鲜血。战士的生命被挽救，他的身体却垮了，开始大口大口地咯血，做 X 光后发现他的肺叶上蚀了一个大洞。病逝时，他给妻子立下了这样的遗嘱：一、我工作这么多年，为部队没有做多大贡献，我心里实在过意不去，请代我向院领导和同志们表示歉意；二、如果我不在了，玲玲和你们不要给组织添麻烦，尤其是经济上不要提额外要求；三、我唯一的心愿是希望儿子新疆入伍，到三十里营房医疗站当兵，去尽我未竟的事业。

李忠计去世后，他的儿子李新疆又来到昆仑山上，继承了父亲的遗愿。

姜云燕深知张西洲讲这些故事的用意。他是要让她这个喀喇昆仑的新兵明白，在其他地方遇不到的情况，在这里随时可能遇到；在其他地方不可能有的牺牲，在这里却极易发生。

　　她身边的这位中校，是高原病研究所主任。姜云燕知道，他为研究高原病而不顾命的事儿。他为了研究，每次上山，都需装载一两吨沙袋，用来固定装仪器的箱子。他克服饥饿、严寒和高山反应，每日乘车 15 至 20 小时。为留取 24 小时的尿液标本，他昼夜守候在士兵身边。

　　还有把她带到这里来的吴凡英，她 1961 年从四川宜宾入伍后，就一直扎根高原。第一次上高原就被大雪围困了三天三夜，她当时是靠喝葡萄糖液咽药棉球维持生命，终于等到救援。她还记得有人为吴凡英题的诗：

> 落胎长江岸，出塞三十年。
>
> 新弹昭君曲，朱颜献边关。
>
> 梦牵叶河流，魂绕昆仑山。
>
> 戎装扮春秋，而今两鬓斑。

　　还有三十里营房医疗站第三十任站长李雷振。她是很有名的外科主治医师，被边防官兵誉为"昆仑山上一把刀"。为了官兵的生命安全，她冲破一切禁区，靠自己高超的医术，创造了在"生命禁区"做手术的奇迹，填补了我军在海拔5000 米以上严寒缺氧的野战条件下，做大、中型手术的空白。

　　姜云燕敬慕他们。因为他们每个人几乎都是一个传奇。她感觉喀喇昆仑天然蕴含着英雄气。世上竟有气势如此恢宏的大山，这让她深感惊讶。

当时时值初夏，一天之内，她把四季都体会了。待到了站上，她已感知到了这里的艰辛，感知了严酷的环境是与想象中的美妙和浪漫完全不同的，决不因为她对昆仑的向往而对她手下留情。

姜云燕上山不到 10 天，医疗站就从神仙湾接下一个病号。他深度昏迷，脸发黑，唇发紫。这位生病的战士 20 岁，她 18 岁。但那 20 岁的战士的面相在她眼里像三四十岁的人。当她知道这战士得的是高原脑水肿时，顿时伤心地哭了。她担心地问张西洲："副院长，您说，能把他抢救过来吗？"

"能，你放心吧！要坚强些，以后，你会经常面对的。"

她一听，才放了心，一边抹泪，一边点头。

她每天给这名战士送饭，喂饭。他经常大小便失禁。她一天要为他清洗好几次。战士病愈后，她高兴得很，就像自己的亲兄弟病愈了一样。

从此，她就奔波于哨所和医疗站之间，不断巡诊和接病号。哨所官兵对她特别好，每到一个哨所，即使和那里的官兵从没见过面，他们仍能把她的名字和人对上号。每次上哨所时，车还离得老远，哨所的锣鼓就会响起来。

哨所有了病号，不论是白天还是晚上，无论是狂风还是大雪，医务人员都要立即出发。

有一次，姜云燕病了。神仙湾哨所半夜打来电话，说有一个战士得了高山昏迷。大家都争着要和马医生一起上去接病号。姜云燕也要去，马医生说，你感冒了，不能再往高处走。但她不听，装上东西就坐到车上去了。她脑袋昏昏沉沉的，快天亮了，才到达哨所。战士们一夜没睡，都出来欢迎他们。

病号是连队的油机员。他摇油机时可能用力过猛，昏迷过去了。他们没敢停留，匆匆吃了点东西就赶紧往医疗站返。在路上，病号醒了过来，他第一句话就是问自己在哪里。当意识到在车上后，就嚷着不下哨所。这使姜云燕非常感动。一路上不停地劝他，但战士不听劝，一直吵闹，没有办法，只好给他打了一针镇静剂。

姜云燕每次上哨所，都会对战士有新的认识。一线哨所那么艰苦，他们却对那里那么热爱。她开始难以理解，待自己最后也和他们一样，对这里难分难舍后，她才明白了战士的情怀。

当战士时，她每年都要上山，第一次就待了一年有余。

后来，她考入了兰州医学高等专科学校呼图壁卫校。毕业后，又分回到了十八医院。她说："现在，我想念喀喇昆仑了，就随时可以上去，我这扎在边疆的根算是扎牢了。"

姜云燕无疑是幸福的，是每个梦想成真的人所拥有的那种幸福。

她说，她不管走到哪里，只要静下心来，就能听见昆仑山的声音，那是由风雪之声、河流之声、鹰展翅时的声音，以及冰雪融化后溶入土地的声音组成的天籁般的混响。这种伟大的混响让她永远神往。

第四程　帕米尔高原的鹰

科西拜勒啊，只有风雪拥抱她，
但她是共和国的净土啊，
我们每时每刻都在守护她，
把这里当作我们永远的家。

第一章

回到自己的家

帕米尔即古时的葱岭。

要写帕米尔，我得先说说自己。这是因为，我是这片高原的养子。她以她纯洁如冰雪的乳汁养育了我。

在走近帕米尔之前，我对她几乎是一无所知的。这让我至今羞愧。

我从来没有想到过这里，没有想到这个至美和大苦并存的地方与我的人生会有什么联系。我与她擦肩而过，便不再想起。擦肩而过的时候是我在上中学时，那时我从地理书中知道中国有个地方叫帕米尔。高中毕业后，我入伍到新疆，在驻乌鲁木齐某高炮团服役。由于新疆之大，乌鲁木齐距此有三千余里之遥。但即使在新疆，我也极少听人说起过她。她像一位品性高洁的隐士，隐于世界的边缘，只与有幸前往者交谈，并呈现她绝美的内涵。

我以为我会离她越来越远。1993 年 8 月，我考入解放军艺术学院文学系。能从一个基层连队的炮手一跃进入首都的艺术学院，我非常珍惜，一头扎进了书堆里。毕业之后，一纸命令，让我重返新疆。对此，我内心异常平静。对我来说，这只是回家而已。

我在诸如首都这样的繁华之地无论待多久，都只会是一个过客。因为那只是在我梦境中附带出现的、面目不清的事物，不过是我前往"家"这个情感之地的驿站。

虽然我在新疆当兵的时间与在北京读书的时间差不多，但新疆是我的家。这可能因为它是新鲜的，充满生机与人情味的。还有，对一个立志写作的人来说，那无边的大漠戈壁、草原绿洲，无数的冰峰雪岭，可任我的想象飞翔驰骋。

我决心立刻就到南疆去。我踏上了前往兵城疏勒的长路。新疆南部与北部是迥异的，它无边的苍凉撞击了我的心灵。

当我对南疆军区政治部的一位少将说出希望去边防一线时，他爽快地答应了，并当即安排我去驻塔什库尔干某边防团，说那是古丝绸之路的必经之地，是一个富有文学意蕴的地方，去那里一定有收获——按他的描述，那是一个有些乌托邦色彩的梦境之所。

但我是第一次听说"塔什库尔干"这个地方。这个具有异域色彩的地名显得极不真实。"塔什库尔干在哪里呢？"我在心里问自己。

我不知道它在什么方位。我的无知又使我羞于向将军询问。

回到南疆军区招待所，我马上在地图上找到了它。它距疏勒 300 多公里，正在帕米尔高原之上，似乎真正地处大地边缘了。

我有些兴奋，次日一早就搭上了前往高原的班车。

从那时起，我才意识到自己已成为一名边防军人。我走近的，是神秘的国境线。

一出喀什噶尔绿洲，便远远地看见了高耸着的雪山的影子。其后，它一直在我的视野里。它是天之精华凝成的大景象，高踞于世象和俗世之上。等我分清它是慕士塔格峰还是公格尔峰时，我已到了高原上。

后来，我知道，如果说喀喇昆仑属于大荒之地，阿里属于至纯之境，那么，帕米尔则是大美之所在。艰苦其实是不存在的，它只是相对于人在生存时才会猛然凸现。

所去的地方和所要面对的生活，都使我憧憬。从那以后，我就是这高原之美的拥有者了。

车上除了几个汉族人，其余的都是塔吉克族、乌孜别克族、柯尔克孜族乡亲。他们一路弹唱。乐器是冬不拉，歌儿则是民间的，已传唱了数百上千年。他们的欢乐感染了每一个人。

我事后才知道，自己正走在古丝绸之路上，所走的是

"大美的旅途"。

盖孜河从公格尔峰和公格尔九别峰之间飞流直下。两座高峰比肩而立，像两柄寒光闪闪的利剑直刺苍穹，致使盖孜河水的轰鸣声若雷霆滚动。

紧接着是卡拉库里湖。当年大唐高僧玄奘途经此湖时，曾用了不少笔墨来描绘它。它倒映着从公格尔峰一端奔向慕士塔格峰的十多座银装素裹的雪峰，倒映着"冰山之父"俊逸飘洒的风姿，倒映着崭新的蓝天白云。湖上飞翔着水鸟，湖岸有奔跑的骏马、款款游动的灰白色羊群和黑色的牦牛。塔吉克牧民白色的毡帐旁有嬉戏的孩子，有吠叫的高大的牧羊犬，有牛粪燃起的飘动的炊烟。我有些迷醉，真正地来到了一个梦中仙境。

苏巴什达坂很接近慕士塔格峰，能够很清楚地看到冰塔、冰林和冰雪一年年堆积时留下的树纹般的印记。据说，这"冰山之父"圣洁的光亮可以照耀整个喀什噶尔绿洲，而整个喀什噶尔绿洲也是它源源不断的冰雪融水滋养的。

过了塔合曼草原，即可见到高耸的石头城，这是途经葱岭的古丝绸之路的一处重要驿站，也是塔吉克人抵御外侮的重要堡垒。它屹立高原已 1000 多年，可谓历经风雨，但大部分保存完好。当时正值夕阳西坠，落日的余晖抹在它金色的墙体上，显得瑰丽壮观。塔什库尔干在塔吉克语中即是"石头城堡"的意思。石头城无疑是高原的历史地标。

当时的县城比内地一个简陋的乡场还简陋。只有一条尘土飞扬的街道，两边是低矮的店铺，房屋大多是土坯垒起的平房。有塔吉克男人骑马走过，也有骑驴的老人或妇女在街上溜达，街道两边挺拔着生命力顽强的白杨。不时有一群羊或几头牛与人一起，大摇大摆地走在街上。几个国外的游客则十分兴奋地、好奇地看着所有的一切。这里共有五六家商店、四五家饭馆、三四家旅馆、两三家舞厅和一家酒吧。但比起阿里的一些县城已繁华多了。

我要到达的边防团团部就驻扎在这里。其驻地海拔3200米，但边防连全都驻守在海拔4000米以上的雪山上，5042前哨班就是以海拔高度命名的。这个团守护着帕米尔高原乌孜别里山口到乔戈里峰因地拉科里山口1000多公里的边防线。

因为这里是中国的西部门户，所以留有历朝历代将士征战的痕迹。

作为军人，我只是自汉至今来到这里的无数先辈的后继者，我是踏着他们的足迹而来的。当年他们为了中华民族的利益，万里远征，所历之艰苦可想而知。我现在即使从北京出发，坐火车，再坐汽车，也要五六天时间才能抵达。

我很快爱上了这个地方。

　　如果说，我以前是个四处漂泊的游子，那么，在帕米尔高原，命运已在不知不觉中安排我找到了自己的归宿。

　　虽然，这不是一块适于生存的土地，却永远是我精神的故乡。

第二章

在 5042 前哨

5042，是 5042 前哨班的海拔高度。

5042 前哨班是闻名全军的前哨班。它面对绵延雪山，背靠白雪皑皑的慕士塔格高峰。上 5042 前哨班的路越来越陡，吉普车摇摇晃晃地努力向上爬着。虽是夏天，但我们刚爬到半山腰，天就下起了鹅毛大雪。再看山上，积雪已经很厚，雪被风吹刮到低洼处，堆成一团。

山上没有路，仅仅有与车身一般宽的土棱，呈"之"字形向天空绕上去。吉普车像一只虫子，在群山的背上踩着舞步，扭来拐去。

路太陡太险，我们不敢往下看。仿佛看了，目光都会一不留神栽下去。

下了吉普车又走了一段路，才来到前哨班。风很大，我用双手护着帽子，怕风把它刮跑了。一进前哨，我们就赶紧穿上战士们准备好的皮大衣。

今天他们生了四次炉子也没生起火，没火就化不成雪，他们既没饭吃又没水喝，还冻得要命，房子里结了一寸多厚的冰。炉子不燃是因为风太大，风顺着烟囱倒灌进炉子里，烟出不去。

今早风小些，炉子才点着了。战士们听说我们这些客人要来，就用雪搓了脸。这雪本是他们做饭用的，雪就盛在一个铁皮桶里。他们也让我们用雪洗洗脸——在这里，已算得上大礼相待了。没有雪的时候，前哨吃水要靠骡子驮，滴水如金，牙两天刷一次，洗脸洗脚就免了。

眼睛适应了屋子里的光线，我就东张西望，看到窗台上放着一瓶醋，醋里泡着白色的蒜瓣。以前听说，他们把蒜瓣放进盘子和罐头盒里，用每天涮锅的水养，土则从墙皮上抠下，战士们每天蹲在那里看蒜苗发芽和成长，换防时还能把蒜苗拿来包饺子。

几天前他们就得知，军区文工团的演员 8 月 5 日要到连队慰问演出。他们高兴了好几天，虽然没有说演员要上前哨来，他们还是忙着洗头、修面，换上干净衣服和床单。最可笑的是刮胡子，5 号电池没有了，他们用两截电线把大电池上的电接到剃须刀上，两个人帮着按正负极，一个人手拿镜子，三个人合作，手忙脚乱地刮了胡子。然后天天拿望远镜往山下看——他们只能在望远镜里看节目，在电话里听节目，结果连队外面的风大，节目是在房子里演的，他们没看上。

没想到的是，文工团派出三名女兵，要到前哨来当面给他们演节目。连队想给他们一个惊喜，没有通知他们。战士们在望远镜里看到，一辆吉普车沿着盘山道朝前哨爬上来，然后爬不动，停下了，他们马上下去接人。开始以为是来给他们巡诊的，就连忙装病，易军说他心脏疼，王飞说脑子疼，朱古都则称发了烧，这样，就有机会和外面来的女护士多聊上两句了。结果女兵们是来演出的，又唱歌，又跳舞，着实给了他们无尽的惊喜。

女兵们走了十来天了，朱古都还会模仿一个女兵的声音："班长，你辛苦了！你骑马吧，你上来，我下去给你牵马。"

5042 是长年性前哨班。这里的生活可以列入世界上最艰苦、单调、枯燥的生活之一种。人刚上来脚踩不实。吃一口饭，得大喘一口气，咀嚼次数多了，就头痛欲裂。

> 白天兵看兵，
> 晚上数星星，
> 吃水靠化冰，
> 照明靠天灯。

这就是前哨生活的真实写照。

这里的风力发电机刚安好没几天，叶片就全部被风刮飞了，一吨多重的钢板水箱被风刮出了 200 多米，摔扁在山坡下。营房连接着坑道，经过长长的地道才能到观察点上去。我裹着皮大衣哆哆嗦嗦从又冷又滑的坑道走过，一出坑道就被风吹得无法站稳，只好又钻回坑道去。

这里的战士们却总是抢着上观察点，除非冻得不行了，否则很难把他换下来。最后没办法，只得制定一条纪律，把每人担任观察任务的时间确定下来。

在这里，战士们有时从梦中醒来，整个哨卡一夜之间已被大雪埋没，大家只好挖条地道，像鼹鼠一样钻出来。

在 5042 前哨班，我吃到了世界上最好吃的揪片子。这是战士们从自己嘴里省出来的，山上沸点低，面片稍有一些粘，但吃在嘴里很香，一想起战士们做熟一顿饭不容易，也就不好意思大口吞食了。

5042 的战士最喜欢有人上来，而来人一走，他们回到房子里便不吭气了。可我们依然要起身告别。和他们一一握手、合影留念之后，战士们目送我们的车向山下驶去。

在下山的路上，我们遇到了驮水和菜的骡子。同行的人说它们也是入了伍的，是军骡。这头骡子的好朋友，是一匹叫"白头毛"的马，它在一年前死了，是往前哨驮运东西累死的。好友死后，骡子难过了好长时间，晚上叫，眼中含泪，也不和别的马一起驮东西。

战士们称骡子和马是他们的兄弟，为了他们能战斗在 5042，它们把生命交给了这没有尽头的驮行险途，一直走到倒下去的那天。

第三章

克克吐鲁克

军车在雪原上艰难地行驶着。它草绿色的车身有些像从漫长的冬季里拂来的一缕春风。

已是 5 月，春天早该来了，而高原依然是冰天雪地，像是死去了许久，那冰雪便是覆盖它的尸布。天空蓝得让人感动，纯净得如初生的婴儿。插在那湖蓝里的雪峰闪着晶莹的光，那么圣洁，使整个高原笼罩了浓郁的神秘气氛。看到这些，新兵陈庆春的眼里便有些潮湿，感到自己刚才对冰雪的比喻亵渎了高原。

新兵营设在高原下的绿洲里，当然，冬天的绿洲也没有绿意。但那里至少可看见田地、村庄和杨树。可这高原，除了雪还是雪，而陈庆春要去的地方，不知会是什么模样。

"克克吐鲁克。"他在心中默念着这个地名。这个音节感很强的地名使他的内心感到了一丝安慰。但他不知道这个地名的意思。

他当时还不知道，克克吐鲁克是帕米尔边防最艰苦的连队，西面和北面与阿富汗相邻，南接巴基斯坦，有"鸡鸣三国"之说。但这里没有鸡，只有军马，所以战士们把它改成了"马鸣三国"。

新兵分配完毕，当陈庆春听说自己分在了克克吐鲁克边防连，便问排长那个地名是什么意思，但排长没有告诉他，说暂时保密。别的新兵去问，得到的回答也是一样。

他坐在军车上，忍不住又想问，便看了一眼坐在对面的上尉连长。连长在这高原已生活了十多年，一定知道的。但看看连长那张黑得像抹了锅灰似的脸，他又忍住了。倒不是怕他，而是怕他把这个念着如清泉流淌过溪涧的悦耳的名字解释得和自己想象中的不符。他宁愿凭着自己的想象去解释它。那意思可能是飞翔着鹰的地方，或者是一条奔流不息的河，再就是萦绕着牧歌的牧场，等等。

进了山口，迎头便是阵阵啸叫——恐怖的、让整个高原颤抖的啸叫。这是风口上的狂风的声音。本来颠簸着的军车猛然成了狂澜里的一叶小舟，急促的啪啪声随即传来，那是风在鞭打车身。

大家拉严了篷布，把皮大衣裹紧了一些。

这300多公里路已走了多半天。多半天里竟没一人说话。刚才有光亮时，大家都像石头一样沉默着。不知是高原使大家无语，还是这个要去的地方过于神秘。或许是高山反应吧，自军车开始翻越海拔5000多米的奇切克力克达坂开始，陈庆春的头就开始疼起来。但他忍着，大家都忍着，因为谁也不愿意成为第一个被高山反应搞得狼狈不堪的人。

车猛地刹住。

"下车！"连长随着刺耳的刹车声命令道。

"到了？"有人问。

没人回答。

连长已飞身下车，铁桩一样立在了冰天雪地里。

大家列队。

陈庆春看到几个老兵和一群马在冰雪中如一组雕像，已在等着他们。雕像的背景是肃穆的喀喇秋库尔雪山和凝固了的卡拉秋库尔苏河。士兵、军马、雪山、冰河、蓝天构成了一幅深沉、雄阔、悲壮、寂寥而又不屈不挠的、与大自然抗争着的、富有生命气息的图画。

"而克克吐鲁克……"他又在心中默念。他想，它一定是个洒满阳光的地方。

由于大雪仍然封山，前面30多公里简易公路，军车已不能前行，大家要在此换马。

新兵们有些活跃了，因为每个人都是第一次跨上军马。

熬着漫长冬天的军马都很瘦，不是想象中的那么雄健。

分给陈庆春的是一匹白马。它是那些马中最瘦的，瘦得只剩副骨架。这使他觉得它随时都会被风刮倒。他有些不忍心骑它，倒想扛着它走。

白马转过头来。陈庆春看到了它蓝得像天空一样的眼睛。白马似乎看出了他对它的不信任。它的目光中露出了那种尊严被伤害时的愠怒。

雪没到了马腹，它们像是在泥泞里行走，但白马好像知道陈庆春是新兵，走得很稳。陈庆春相信它会把自己驮到目的地，驮到那个叫克克吐鲁克的地方。那里定有雪松林，那林子又深又广，里面潜伏着雪豹，奔跑着盘羊，开放着雪莲；林子边缘，有塔吉克人的帐篷和羊群；当然，也有戴着库勒塔帽，穿着大红衣裙的塔吉克少女和在马上吹着鹰笛的塔吉克少年。

雪光映照着高原，犹如白昼，不时有狼群凄厉的嗥叫从被雪光映照的群山深处传来，使高原显得更加寒冷。人马都喘着粗气，夜里听来像是高原在喘息。这儿有如此多鹰的传说，塔吉克人又崇拜鹰，那么，克克吐鲁克，它一定是一个有鹰群盘旋的地方。陈庆春像真正明白了它的意思似的，满意地笑了。

到连队已是夜里两点。一个小小营院的轮廓镶嵌在雪峰下。雪峰被雪光照耀得雪亮，如一柄寒光闪闪的插向黛蓝色夜空的长剑，旁边缀着几颗贼亮的寒星和一钩冷月。

营房里亮着灯。这些被大雪围困了 5 个多月的官兵把这些新兵拥进会议室后便激动地鼓掌，使劲地鼓掌。他们一直在等着。新来的这些陌生面孔使他们感到新奇。他们用那因与世隔绝太久而显得有些凝滞的目光盯着大家，一遍一遍地打量。

因为高山反应，陈庆春一夜未能入睡。新兵们都没有睡好，第二天起床后眼圈发黑，眼睛发红。

吃了早饭，连长把陈庆春叫去。他最多二十八九岁，但陈庆春惊奇地发现，没有戴军帽的连长，已经开始秃顶。黑铁般的脸衬托得他的头异常白亮，使人想起夏日的雪峰。他掩饰（也可能是习惯）性地捋了捋不多的头发，问道：

"你喜欢，不，你觉得这地儿咋样？"

"如果照实说，不怎么样，我做梦也没想到世上还有这么荒凉的地方。"

"你是浙江人？"

"是的。"

"难怪觉得这里不行，但你以后会奇怪地爱上这个地方。不过，你现在对到这个地方来当兵已经后悔了。"

"是的，一下飞机就有些后悔。"

"我喜欢说实话的人。那，你现在有什么想法？"

"请连长放心，我不会做一个逃兵。"

"好！你现在希望啥？"

陈庆春摇摇头。

"你喜欢马吗？"

"我是第一次骑马。"

"我问你是否喜欢马？"

"我喜欢骏马。"

"那好，从今天开始你负责养马。"

"什么？"

"就这样吧。军马和枪一样，都是部队的装备，要像爱护生命一样爱护它们。"

就这样，陈庆春成了马倌。

临离开连部时，他忍不住停住了，回转身去。连长马上问："有事？"

"能否问一下，克克吐鲁克，是什么意思？"

"这是机密，现在还不能告诉你，待雪化了，会让你们知道的。"

陈庆春搬进了马厩旁的小房子里。一名老兵带了他一段时间，他从老兵那里学会了配马料、剪马鬃、冲马厩等"专业知识"。看到其他战友骑马挎枪去巡逻，他心里很长时间不是滋味。他寻找着来时在路上对克克吐鲁克的想象，觉得没有一点是与想象相符的。原来，它就是靠那个好听的名字掩盖了它的荒凉、穷僻和环境的恶劣。但他突然更加迫切地想知道克克吐鲁克这个地名的意思，便拉住了一个老兵询问。

老兵严肃地摇摇头，说这的确是机密，以后才能告诉他。

他又问别人，他们的口径一致。

别的新兵去问，答案也是一样。

五月缓缓过去，春天已被省略，阳光似乎是一夜间变得有了热度的。陈庆春赶着马群走在雪峰下时，听到了大地在阳光里解冻时发出的巨大声响。冰雪开始消融。不久，雪线便撤到了山腰。营地前那片不大的草原上，萌出了浅浅的绿意。

有一天，那位老兵找到陈庆春，卷了支烟递过来。

陈庆春说："我不会抽。"

他说："抽一支没事的，我要告诉你克克吐鲁克是什么意思。"

陈庆春一听，接过了烟。

老兵把烟给他点上，自己也点了，悠悠地吸了一口，把蓝色的烟吐在阳光里，一边看它散着，一边说："克克吐鲁克，从塔吉克语翻译过来，意思就是'开满鲜花的地方'。"

他说完，眼睛突然有些潮湿，然后回过头去，任泪水无声地滑到脸上。

陈庆春把头埋在膝间，也抽泣起来……

第四章
走马边关

时值 8 月，我们一行人在克克吐鲁克边防连几名官兵的带领下，骑马前往海拔超过 4500 米的科西拜勒前哨。这路只有马能上去。军马在平地上奔驰如飞，在过河时犹豫不前，在悬崖上的小路上反而漫不经心，时而低下头来吃草。那小路才两巴掌宽，下面就是悬崖和河流，人往下看一眼都会眩晕。

走在这条人迹罕至的小路上，沿途掠过无数的天堂般的美景，眼看着离哨所不远了，马儿刹那间来了精神，尽管山路坡度很大，它们还是不顾一切地往前冲去。

排长何云海说："马儿对前哨有感情了，所以快到的时候就很激动，快得勒不住缰绳。"

望着战士既兴奋又羞涩的脸，我感觉到了异样，观察了半天，才发现他们都没有眉毛。

"眉毛呢?"我问。

"剃光了,一上山就得剃,头发也要剃光。"

"为什么啊?"

"一上来就掉眉毛头发,眉毛如果是自己掉光的,就很难再长出来,所以我们自己把它刮干净了。"

"家人知道不?"

"谁也不把这事告诉家里,怕把他们吓住。"

他们的桌子是用几块石头垒成的,上面铺一张纸壳。门口摆着几棵从山上挖回来的行将枯萎的野花野草,养在用烂了的盆子里。

何排长说:"这里只有一个月的花期。把花挖回来在房子里养,它还能多活一阵子。由此战士的寂寞也就短了一截子。"

晚饭后的时光是最寂寞的,几个人蹲在房子里唱歌,有的吹口琴,有的吼秦腔。唱过无数次的歌,自己都听烦了,于是就自己编歌,他们编了一首班歌:

> 月儿弯弯照哨卡,
> 怀抱钢枪我想家,
> 想故乡的田园想妈妈,
> 还有美丽漂亮的她。
>
> 科西拜勒啊,只有风雪拥抱她,

但她是共和国的净土啊，

我们每时每刻都在守护她，

把这里当作我们永远的家。

克克吐鲁克是个怪地方，虽然海拔不是最高的，但这里的高山反应十分强烈。军区文工团到连里慰问演出，演小品的男演员因为高山反应，上台演出没多久，就倒下了。军医告诉我们，外边来的人一般都不敢在这里过夜。

生命在这里太脆弱了。我们在这里仅停留了一个晚上，就成了病号，而战士们却要经年累月地在这里生活。

连长刘建设到此赴任后，第一次点名就看见机要参谋常振雷耷拉着脑袋，刘建设还以为他在故意给自己出难题。看别人都离开了，他还在那里趴着，就以为他睡着了，回头医生来报告说，常振雷不行了，吃饭时他还好好的，咋会不行了呢？刘建设过去一看，常振雷休克了，给他吸氧，他浑身抽搐，口吐白沫，人事不知。医生赶紧掐人中，抢救了两个小时仍不醒，半夜用车把他拉到营部抢救，接下来的两三天还处于昏迷状态，医生说这就是由感冒引起的高原昏迷。

人也只有在这种环境下才更渴望生命，渴望看到象征着生命的绿色。

克克吐鲁克的副指导员杨书成曾向团长张思俊请假下山，理由是：想下去看看绿东西。当他到了塔什库尔干县城，看到绿色的白杨，抱住一棵树，忍不住热泪横流。

在生命禁区是没有树的。条件好的地方，室内可以养一些小花小草，甚至在户外可以种植骆驼刺、洋芋当花看，可唯独养不活一棵树。

托克满苏边防连副指导员包进明有一件事曾被人们传为笑谈。包进明在红其拉甫前哨班曾创下了戍守 20 个月的纪录。在这 20 个月中，他只下山到塔什库尔干县城去过一次。他把这个仅有一条街的小城转了一圈又一圈。

为了让战士眼中有绿色，腹中有绿菜，整个帕米尔边防燃起了染绿军营的梦想之火，那就是建蔬菜大棚。为了让绿色在战士的生活中扎根，他们倾尽全力把地挖得更深、把土从更远的地方拉来，他们摸索着种植出了高原上的"精神菜"。战士们把暖棚称作"军中花园"。

从克克吐鲁克到托克满苏，再到明铁盖，我们走的都是古老的丝绸之路。明铁盖这一段史称"瓦罕古道"，玄奘从印度取经后就是翻过明铁盖达坂走瓦罕古道返回的。著名旅行家马可·波罗的足迹也曾到过这里，他在明铁盖发现了大头羊，该羊因此在国际上被命名为"马可·波罗羊"。

当我们从明铁盖返回卡拉其古的时候，已是夜里 12 点。

路上，我们听到了群狼的嗥叫，心中正感到恐惧，我们的吉普车居然抛锚了。

接下来会发生什么呢？如果狼来了怎么办？听说狼很聪明，懂得相互配合、声东击西，万一它们把车围住了怎么办？大家吓得甚至不敢开车门，好像一出去就会被狼叼走。车一停，寒冷就渗进来，车里如同冰窖，驾驶员陈新华打开发动机。我们为了驱寒，只得把车座布盖在身上，轮流唱歌，想用歌声驱赶恐惧。

卡拉其古已经知道我们出发的时间，见我们迟迟未到，他们就会派人来接。我们别无选择，只有等待。

远方的夜空突然有点儿发亮，驾驶员说："他们来接我们了，那光在向前移动呢。"

光的确在移动，当它变成车灯样的亮点时，我们几乎要欢呼起来。但我们很快沮丧起来，因为那并不是车灯光，而是月光。高原的月亮升起来了，尖利的山峰把月亮分成了两半。

又在寒冷中等待了一个多小时，终于有车来了，是塔吉克族老乡的车，同行的王族坐上老乡的车先回卡拉其古求援。我们继续在狼嗥声中等待援救。

王族到达卡拉其古后，连队把电话打给白天在明铁盖施工的工兵连，连长从睡梦中爬起来，开车来救我们。当我们回到卡拉其古时，已是凌晨4点多。我们在狼群的陪伴下，在寒冷的夜晚里，待了七个多小时。

对于边防战士，巡逻是他们的主要任务。巡逻的路都十分艰险，翻雪山，蹚冰河，攀悬崖。这些时刻有性命之危的事情，在战士眼里早已变得平常，那种艰苦卓绝，是普通人无法想象的。

第五章

男儿报国时

　　距团部三百多公里的木吉边防连显得离世界很远。从中巴公路"老虎口"附近折进去，仅九十余公里路，就横陈着九条冰河和九个戈壁滩。冬天冰封雪冻，夏季洪水无常，曾多次发生过突然涌来的洪水冲翻军车的事。常常因道路被冲毁而导致连队的人下不来，团里的给养运不上去，所以给人的感觉更像一个雪山孤岛。

　　两个多月前，木吉的路又给冲毁了，被冲毁的还有通信线路。这使团长张思俊坐卧不宁。副团长白文利请缨前往，带着工兵连奋战了二十多天，才把道路重新打通。

　　团里的物资车隆隆开上去，我们跟在车队后面，扬起的灰尘常把我们淹没。

　　路仅能容下一个车身。我们坐在车里，就像坐在炒瓢里似的，把我们由·道生菜颠熟、颠软巴了。大家一个劲儿地抱着头，但脑袋还是不停地撞到车顶上、车窗上。

与我们同行的团后勤处专业军士孙康健却坐得如钟一般稳当。我们忙向他取经。他笑一笑，用一口四川话说："练出来的，这龟儿事还不好说。最基本的一点，你随着车颠就是了。"照他说的去做，还真奏效。

他在帕米尔高原已当兵 16 年。他随我们上去，是帮连队修油机的。

孙康健说："刚当兵时，一到帕米尔，看到这里荒得兔子都不拉屎，我就失声痛哭起来。没想到，一待就待了16 年。"

在团部，团长就向我们提起过他，说他每年要为所有连队检修油机，还要保证供水、烧锅炉，团里的电也是他管，是有名的"电老虎"，每年都可为团里节省三十多万元的电费。我们不相信他能节约出那么多钱来。他也不辩解，只说："这事你们不信，我说也没用。我这个人是农民的儿子，我看不惯浪费。小时候，家里点的是油灯。有一次，我嫌油灯太暗，就加了一根灯芯，不料被爷爷看到后就给了一巴掌，骂我糟蹋东西。过够了没电的日子，所以我晓得电的珍贵。"

他修油机的技术南疆闻名。军区有一台 40 千瓦的大型油机坏了，抱着试一试的态度让他修。他用了 7 天时间，把那台原以为在南疆无人能修好的油机给修好了。营房处的同志连连说，名不虚传，果然名不虚传！

后来，团里有三台油机准备报废。他看着这十几万元的东西就要变成一堆废铁，很是心疼，就自告奋勇进行组装。这台拆连杆，那台拆曲轴，东拼西凑，居然组装出了一台完好的发电机。

上面的这些事是我们的车行驶在一段稍好的路上时，驾驶员告诉我们的。而孙康健已靠在座位上打起了呼噜。直到前面的路大颠起来，他才被颠醒了。

大家都不再说话，专心地对付这道路的颠簸。直到黄昏，我们才看到了乌孜别里山银白色的身姿。在它的下面，就是木吉边防连的驻地。

颠簸了一天，我们准备早早睡觉。指导员朱文武还在忙碌着，虽已连熬了两夜，却没一丝睡意，打着手电筒在营区转悠，以等待凌晨3点多就出发巡逻的5名官兵回来。

他是副营职指导员，是从布伦口边防连调到这个点的。

他倒是不太担心这支精兵组成的巡逻队会有不测——这不光是因为这一昼夜天气晴好，重要的是他相信这5名官兵的体能、素质和经验。但他不能坐着等，而是要随时准备迎到大门口，扶他们下马，然后把一盆热辣辣的揪面片端给在24小时的艰苦跋涉中没吃过一口温热饭的5位弟兄。

实际上，全连此刻没有一个人上床，甚至有人装束严整地在连部和院内进进出出。这是一个不成文的传统：每逢有战友出发巡边，大家都要看着他们平安归来才会躺下。

我们一听有这样的事，也就睡不着了，决心和大家一起等待。

朱文武见了，就说，不行的话，打两盘"双扣"？我们同意。他刚拉开抽屉摸扑克，院子里一阵骚动，连部门"哐当"一声撞到墙上。背挎自动步枪的吴东峰在几名战士的扶持、簇拥下，站在面前，大声说："指导员，快，杜排长不行了！"

参加巡逻的吴东峰比预定时间提前近 3 个小时回来，令众人大为惊诧。他那满头的热汗、泥水淋漓的鞋裤和着急的大喊，已让训练有素的官兵们不再询问细节，眨眼间就纷纷奔向院内，找车、牵马、备药……

朱文武只问了三句。

"杜建国咋了？"

"吐了，肚子疼得要死，骑不得马了。"

"吃啥了？"

"没啥，就是压缩干粮和两个苹果。"

"离这里有多远？"

"17 公里。"

说话间朱文武已到了车库门前，一个下士说驾驶员刚从团部回来，给附近的柯尔克孜老乡送邮包去了。朱文武拿手电照准车库门上的钢锁："不等了，砸开它！"

院子里干净得很，好不容易才在花坛边摸到了一块鹅卵石，"哐哐"砸得门锁直冒火星，可就是砸不开。

我看见旁边停在院子里的、我们来连队乘坐的吉普车，喊了句："用这个。"

一贯雷厉风行的朱文武却迟疑了："这个，行吗？路可险得很。"

我说："都这个时候了，有什么不行的！"

驾驶员苟晓松二话没说，匆匆抹干洗了半截的双脚，单衣扣还没扣齐就钻进了车里，发动了车。朱文武和副指导员江朝武也顾不上找大衣，打开门上了车。两分钟时间，吉普车已轰响着冲进了夜幕笼罩的茫茫边关。

当天凌晨，巡逻分队顶着一弯新月和满天星斗从连里出发。带队的排长杜建国就一直提醒大家不要为驱寒而长距离策马狂奔，以防止出现感冒和体力不支，同时也是为了保证军马不致过早疲惫，影响巡逻任务的执行。

杜建国对自己的身体很自信。他当兵就在木吉，然后上军校，早已捶打磨炼得像木吉河里的一块鹅卵石，充分适应了帕米尔高原高寒、干燥、缺氧的恶劣环境。

在乌鲁木齐步兵学校学习的两年时间里，严格得近乎残酷的体能训练使杜建国的身体和军事素质进一步提高。那时，每天早早起床，立即是5公里负重越野跑，整天是文化、军事课，晚上还要做完200个俯卧撑和200个仰卧起坐才能上床，天天如此，无一例外。两年下来，真可谓练就了钢筋铁骨，浑身没有一两多余的赘肉。他知道，自己来自边防，必然回到边防。没有强健的身体是绝对待不下来的，纵是待下来了，也难免成个"病壳子""半残废"。所以回到连队，也把这种严格的训练作风带回来了，并带动战士每天上床前至少做俯卧撑和仰卧起坐各 80 个。

从连部到奥伊巴勒根山隘的这条巡逻路线往返 160 公里。这条路杜建国已走过无数遍，非常熟悉。路上有多少桥梁、多少岔口、多少沟坎，不同季节应采取怎样的行军方式，时间和体力在不同路段如何分配，他都了如指掌，随时能做出精确的判断和分析。这次他带了三名中士一名下士巡逻，都是老兵，心里十分踏实，只是不时跑前颠后地查看路况，提醒大家不要过早兴奋和过度疲劳……

出发后连续 8 小时的疾行中，每段路程都恰好按时完成。一切都很顺利。寒冷刺骨的天气，却没一人冻脚、伤风、怪石嶙峋、险象环生的山道和深浅难测、汹涌咆哮的冰河也没有伤及一人一马。烤火、烧水、吃饭、休息一小时后，5 个人拴好马匹，徒步翻过起伏的山丘和巨岩叠立的地段。用了 6 个小时，在接近体力极限之际，终于到达了海拔 4624.9 米的观察点位，按任务要求完成了边界标志附近的观测和记录。此时，灿烂了一天的太阳已经昏然西坠，异国的冰峰雪岭投来数十公里长的阴影，阵阵寒风无声地鼓荡而来。大家为顺利平安地完成任务欢呼。虽余兴未尽，却因疲累不得不躺倒在乱石间喘气一阵。杜建国看看天色不早，迅速整队回返。他们沿路拾起预留的氧气袋，穿好爬坡前甩掉的皮大衣，跨上吃了马料、休养好了的战马，回首望望暮霭中的国界山岭，5个人齐刷刷向界碑敬了个军礼。随即一夹马肚，5匹军马顿时昂首奋蹄，头尾一线相连，踏尘而去。

这时，虽已是晚上8点钟，杜建国却因为完成了任务而感到轻松了，不时放声吆喝几嗓子，既是为了鼓舞士气，也是联络接应。几番疾驰，天已黑透，5匹马慢了下来。几个人不时啃几口焐在怀中的干粮和衣兜里冰凉的苹果，在星月无光的峡谷间鱼贯而行。

大家扯起嗓子吼起了军歌。杜建国正微笑着欣赏黑夜里传来的嘶哑歌声，突然胃里一阵痉挛，喉间顿时涌起一股酸热。他俯身抱住马脖子，强挺着。片刻间，一阵晕眩袭来，他终于忍不住喷吐起来，惊得军马登时跃动腾挪，将他摔下马来。走在他前面的刘学路听出了异样，回过马头，一把勒住惊了的军马，才使它没能跑掉。

"咋啦，排长？"

"可能是苹果吃坏了。"

"还行吗？"

"没事，歇歇就好。"

但病情比想象的要严重得多。下马连呕数次后，他用拳头顶着腹部蹲了半天，努力爬上马鞍，但已姿势不正，无力控缰。没走几步，又摔下马来。

大家在打火机的微光中察看排长的脸色，见他冷汗直冒，眉宇紧结，痛苦不堪，三个战士一边围拢替他挡风，一边商量着急救方案。

"咋办？"

"吴东峰的马快，让他回连队去报告，请求支援。"

吴东峰是连里公认的好骑手。他到连队才半年，就摔打出了过人的骑马、驯马技术。连队那匹白额枣红马，大家叫它"赤兔马"，是从内蒙古买回来的，到连队没多久，已摔伤好几名官兵，没人再敢骑它。吴东峰决定一试。他刚跨上马背，那马就如一匹野马，驮着他狂奔起来。一直狂奔了四十多公里的荒漠险滩，吴东峰还紧紧地贴在马背上，烈马终于臣服。于是，这匹高大的烈马就成了吴东峰的专用坐骑。每次巡逻，这对人马都会跑在前头。

这次，吴东峰骑着赤兔马也跑在最前头，当战友追上来说排长病了，他还不相信："刚才还好好的嘛。何况，他可是国防身体。"

"可能是急性肠胃炎。"

吴东峰当即飞马回来，看到排长已几近脱水，他立即圈转马头，当仁不让地说："我先回连队报信。"一抖缰绳，留下一串"嘚嘚"的马蹄声，很快隐入夜色之中，不见了身影……

吴东峰已当兵四年，算是超期服役，军旅时间已经不多，所以每次巡逻他都申请要去。他曾陪团长张思俊进行过一次两昼夜边境巡逻，给团长留下了深刻印象。他想再干一年，就给张思俊写了一封信，恳请团长特批他在"这个舍不得离开的连队"再服役一年。

几天后,张思俊驱车来到木吉,把他"骂"了一场:"你这个小伙子咋这么傻? 这样的地方有什么可留恋的? 在这里服役四年,你已超额完成你应尽的义务了。凭你的本事,到哪里不能出人头地过上好日子? 你该回家去了,让别人也来吃吃这里的苦吧,我不能让你再干了!"张团长至今谈到吴东峰,还深有感触:"这么好的兵,我怎么不想留他? 但你没法给他解决出路,留下来怎么办? 我只好用这些'鬼话'来搪塞了。"

吴东峰倒是不知道团长的想法,只是缠着指导员要多巡逻几次。这一天一夜中,吴东峰骑在马上,几度凝望熟悉的雪岭冰河,不时叹息。这种对山河的情感只有在边关长年奔波的人才能理解。

四年军旅生活已把吴东峰从一个涉世未深的青年磨炼成一名成熟而沉稳的军人。他的心总归是平静的。可是,排长的病情打破了他的平静。他不顾陡坡、深沟、冰河、石坑、旱獭洞的凶险,在漆黑的夜里凭记忆感觉着路径,一再抽打心爱的坐骑,呼啸着策马奔驰。

终于,前方依稀闪烁着一星灯光,马头前赫然闪出连部前那片晶莹闪烁的冰滩,军马来不及像平时那样沿"之"字形道路盘下六十多度的陡崖,而是昂首一声长啸,纵身从七八米高的陡坡奔驰而下。

"哗啦啦"一阵乱响,战马差点儿失蹄,好在它又一跃而起，前蹄腾空，蹭踩着冰碴、冷水和卵石，盯准灯光，直直地冲进了营门。吴东峰滚下马来，留下一溜水迹，撞入连部。

吉普车载着指导员刚出门不久，营房里的灯一齐暗了两秒又重新放亮。这是 12 点整停止发电前的预告信号。连里顿时传出一声喊："别熄灯，人还没有回来！"

连部那个刚入伍不久的通信员，平时腼腆得给首长搬椅子、倒茶水都脸红，跟外人说话时声低难辨，听到笑话后只会躲到屋外偷乐，这时突然大吼着变了声地奔向机房："别关灯！别关电机——"

在一年中有 8 个月上冻的木吉，刚近 10 月就已天寒草枯。逐草而牧的柯尔克孜族、塔吉克族牧民已赶着羊群下山了。4000 多米海拔的巡逻区域里，更是荒无人烟。黑夜中的军人全靠营房的灯光辨别方向，并鼓足最后一口气闯出荒凉寂静的群山。所以，当夜的灯光绝对不能熄灭。

全连官兵都在紧张而平静地奔忙着。

小战士拉着大汗淋漓的枣红马满院子遛着，老兵特地嘱咐他："两个小时内绝对不能给它喝水喂料，要一直遛，直到汗落干净，不然，马就会生病。"

吴东峰顾不得换战友拿来的干净衣裤，直着脖子喝下三大缸子热茶后，站在院子里向连卫生员讲完了排长的病状。

"可能是肠胃炎，能治；也可能是阑尾炎，那就要动手术，这在山上很危险。如果送团部，还不如直接送到疏勒的 12 医院。"

10 分钟不到,司务长开好了证明,揣好了所需的现金,穿戴整齐地准备上路……

跟在吴东峰后面的刘学路,因马没有吴东峰的马快,落在了后面。后来才一路喊着进了院门:"哎呀,差点拐到另一条山沟去了,多亏了连里的灯。"听到车已上路,他长舒了一口气,"他们护理着排长呢,怕吴东峰跑得太快出事,又让我赶回来。好了,这会儿车该到了吧。"

吉普车回来了。面对傻了眼的官兵,独自回来的苟晓松忙着解释:"夜太黑,拐错了路,要不是我手脚麻利,就栽到沟里去了,掉头再上路,才发现汽油快用完了……指导员他们已下车步行去找他们了……"

苟晓松话音刚落,刚刚赶回连队的驾驶员已把连队的吉普车发动,掉头向营门外开去……

且说朱文武带着江朝武和军医下车后,拧亮手电,顺着山路连走带跑,不停地呼唤着杜建国的名字。

杜建国上吐下泻,显出神志迷糊的脱水症状。

常怀军和王小平轮流架着他走,不敢让排长睡着。高原寒风强劲,哈气成冰。远处的狼嗥一声连着一声,听嗥叫声即可知道那是群狼。

王小平看见了摇曳的手电光,继而从渐强的呼喊声中辨出指导员和副指导员的声音,他高兴地对常怀军说:"常班长,他们来了。"

"我们在这儿——"常怀军大声喊道。

朱文武和江朝武跑了过来,架住了杜建国。朱文武关切地问道:"建国,好点吗?能走吗?不行的话,我背你走。"

杜建国摇摇头。

军医先看了看,然后微笑了:"唉,不是阑尾炎,这就让人放心了!杜排长得的是急性肠炎,主要原因是吃凉东西喝冷风加上劳累引起的,回去吃药、休息就行,他现在有些虚脱。"

他们走出不到一公里,吉普车已赶来,停在他们面前。

北京时间上午10点,黎明又姗姗来到了祖国的西极木吉。朱文武又在连部门口转悠了,眼睛里填满血丝,但精神饱满。

我们跟着忙了一夜,现在第一句话还是问起杜建国的病情:"他咋样了?"

"没事的,别担心。"

"你也该去休息一会儿了。"

朱文武一笑:"这种情况巡逻时见多了,好多次比这还吓人呢。只要救援及时,那就没啥。这都属于正常情况。我也不睡了,过了该睡的时候就睡不着了。"

第五程　巍峨的西天山

野羊群离开这里无影无踪，
它知道勇敢的人会留在这里，
他们让这荒芜的地方充满生机，
用青春带给它新生命。

因为有年轻的战士日夜守卫，
田野里才会铺满金色麦穗，
幸福和平的生活才会时时相随，
祖国才会安宁美丽。

第一章
守山人

斯姆哈纳是中国最西端的哨所，守卫在这里的士兵是中国沐浴最后一缕晚霞的人。我以为采访完了阿里、喀喇昆仑、帕米尔这些高山巨原之后，所去的地方不会再是艰险的了。没想到斯姆哈纳所处的地方仍然荒凉，海拔仍有近3000米，仍然被一重重雪山环抱。

斯姆哈纳意为"铁皮房子"，仍在帕米尔高原的怀抱中。它所在的克孜勒苏柯尔克孜自治州地处帕米尔和西天山之间，所以它能够同时沐浴慕士塔格和汗腾格里两座冰山的圣洁之光。

斯姆哈纳边防连与塔吉克斯坦接壤，和木吉边防连同在乌孜别克山下，担负着一百多公里边境的守防任务，有二十多个通外山口。我听说好几个山口是由几个老民兵负责看守的，就决定跟随巡逻分队去看看他们。

这也是一段不轻松的路，来回得十来天。

战士们已备好了9匹马，由副连长卡特尔带队。这次巡逻是从1号山口到9号山口。前两个山口的路比较好走，但也走了整整两天。

我骑的是一匹高大的枣红色伊犁马。它是真正的"天马"的后代，锋棱瘦骨，风入四蹄。它一直跑在前面。它服役已三年有余，对每一条巡逻路都很熟悉。

第三天到达3号山口已是傍晚。十来户牧民正收拢牛群和羊群，远远望见我们这一彪人马，都欢呼起来，像古时候欢迎他们出去征战了十数年、终于凯旋的亲人。他们拥过来，扶我们下马，替我们牵马，争着让我们到他们家的毡房里坐，这情景感动得我想落泪。

这时，一匹白马飞驰而来，在我们面前猛地勒住。白马直立起来，长嘶一声，停住了。一个白须的柯尔克孜族老人端坐马上，如战神一般。

卡特尔对我说："这就是老民兵毛义东。"

毛义东已跳下马来。我一看，他骑的马无鞍，可见他的骑术非同一般。卡特尔懂哈萨克、维吾尔、汉、柯尔克孜四种语言。他和大家早已熟悉，亲热地一一拥抱。

卡特尔把我介绍给他。听说我要采访他，他一下不好意思了，连连摆手。

他守的3号山口名叫库鲁木杜，从1962年一直守到了现在。几十年来，除了冬天，他很少离开过这里。他刚刚查看 3 号山口回来，所以没能和大家一起迎接我们。他为此郑重地表达了歉意。

这个山口他每周都得去查看一遍，往返一趟有数十公里。这一带就他一个民兵，加之又是一个有四十多年党龄的老共产党员，所以他的威信很高。此时，见他要邀请我们到他家去，别人就开玩笑说，他又把我们独占了。

他的小儿子正在抓一只羊，见了我们，马上住了手，抚胸躬腰，表达问候，全家男女老幼也都出帐篷相迎。帐篷里的牛粪火燃得很旺，餐布上摆满了焦黄的奶疙瘩，乳黄的酥油，金黄的油炸果子、馕和洁白的马奶子。

雪光和月光映照着高原的群山之夜。人们陆陆续续地围拢到毛义东的帐房里，脸上露出节日里才有的欢快神情。毛义东从一个铁盒子里拿出他的党员证给我看，然后又拿出党费本。他是真正地按月交纳党费的，每个月他都要抽出两天时间，到一百多公里外的吉根乡交党费。头天飞马下去，次日再驰马回来。

没当民兵的时候，毛义东四处游牧，自由地游走于葱岭和天山南北，只需驮一口铁锅、一顶帐篷，赶一群羊，骑一匹马，想到哪里就能到哪里去。他放牧自己的羊群时，如一个至高无上的君王。他没有家，又处处是他的家；他没有归宿，又处处是他的归宿。与农耕者相比，他无疑是大自然的宠儿。当了民兵以后，这个山口把他拴住了。他牧而难游，开始很不习惯，常以烈酒排解被束缚的苦闷。

有时候，人们都走了，他的妻子和孩子们也赶着羊群去了
远方，他却要留下来，孤独地与山口为伴。现在，他已离
不开这个山口了。离开这里，就觉得自己没了魂。他说，
只要自己还能爬到那山口上去，他就要一直守在这里。他
还想以后死了，就埋在他守过的山口上，用自己的老骨头
作那边界的标记。

由于高兴，他喝了不少酒。他说他即使喝下两斤烈酒，
还能像英雄玛纳斯那样骑马飞奔。

喝足了酒的毛义东红光满面，精神焕发。为我们安排
好住处后，又给小儿子安排明天为我们带路的事宜。他准
备老得走不动后，让小儿子接他的班，继续守护山口。

第二天一早，我们就出发了，当天下午赶到了4号和
5号山口下。守4号山口的是一个女民兵，叫凯妮娅，40
多岁。她守的这两个山口隔得不远，但海拔都有4000多米。
她英姿飒爽地骑马走在前面，跨越陡峭的山坡，如履平地。
曾有"帕米尔的古兰丹姆"之称的她珍藏着一张题有"不
爱红妆爱武装"的照片，黑白的，已有些发黄。照片是她
18岁刚当民兵时拍的，黑亮的眸子，长长的睫毛，故作威
严时没有忍住的娇媚浅笑，戴着用狐狸皮装饰的高顶圆帽，
穿着红色的连衣裙，骑一匹白马，背着上了刺刀的步枪。
几十年过去了，高原的恶劣环境抹去了她当年的娇美，却
留下了民兵的英武。

接近达坂时，马已不能走，大家开始步行。陡峭的山

坡十分难走，她却如羚羊般轻捷，一边走着，一边唱着柯尔克孜古歌，歌声优美，十分动听。

卡特尔是哈萨克族，但找的媳妇是柯尔克孜族，所以凯妮娅老开他的玩笑，称卡特尔是"我们柯尔克孜最差劲的女婿"。她要卡特尔一边爬达坂，一边唱歌，不然就是"不行了"。又说"不行了的女婿，我们柯尔克孜人不要"。

卡特尔就说："要做你们柯尔克孜的哈萨克女婿没有不行的。好，我就给你唱一个。"

凯妮娅说："你既是我们柯尔克孜的女婿，就得唱我们柯尔克孜人的歌。"

"行，没问题！"卡特尔说完，就唱了起来——

乌鲁克恰提是我的家乡，
我们世世代代在这里生长。
在水草丰茂的牧场上，
放牧着成群的牛羊。
……

卡特尔的柯尔克孜语很地道，但声音还是有些哈萨克味。因为这首歌很长，他唱到最后就支撑不下去了，引起了凯妮娅的一阵嘲笑。

柯尔克孜族是一个剽悍、勇敢的民族，留下了著名的英雄史诗《玛纳斯》。

8 号山口的老民兵艾山自称是玛纳斯的第 47 代嫡孙。他有 60 多岁，听说我们来巡逻了，就骑马到 15 公里外的地方迎接我们。他身材高大、健壮，据说爱骑烈马，方圆数百里驯不了的烈马都会找他。他力气很大，射得一手好箭。他鹰眼黑须，骑一匹高大的黑色骏马，真有些像玛纳斯再世。

8 号山口海拔 5000 米以上，艾山在那里住了三年多。他有一张古老的大弓，这弓常人难以拉动，他还能轻易把它拉开，并能射下在天上飞翔的鸟雀。

他守山口时，就带着这张弓和一杆古老的猎枪。

从 8 号山口巡逻回来后，艾山把我们迎到他家里，在牛粪火前为我们唱起了《玛纳斯》。这部英雄史诗就是柯尔克孜族一辈辈传唱下来，流传至今的。艾山唱不全，所以他非常希望自己的小儿子去做一个传歌人。要做一个好的传歌人很难，整部史诗共有八部，仅第一部上、下两卷就有 24000 多行。

艾山的声音略有些哑：

> 为了人们心情愉快，
> 我给大家演唱英雄，
> 这是祖先留下的故事，
> 大地经过了多少变迁，
> 戈壁沙漠变成了林海，

绿色的原野变成了荒滩，

祖先留下的史诗仍在流传。

……

　　唱到最后，他浑然忘记了世界的存在，完全沉入到了史诗的氛围中。

　　听着他的歌声，我觉得他和毛义东、凯妮娅的确是玛纳斯的嫡系子孙，他们一生都在演唱英雄故事。

第二章

科加尔特的歌声

离开守山人，我们来到科加尔特边防连。科加尔特的汉语意思是"绿色草原"，但我们没有看见草原的影子，只有延绵不尽的高山。

这里已是西天山了。它是天山最苍老的一部分。没有落叶松，没有草原，除了石头，还是石头。到了夏天，连装点它们的雪山也没有。但有河流，蓝得让人感动的河流常常突然从干枯的两山间欢乐地奔涌出来，让人精神为之一振。

四面的石山把科加尔特装在了井底。旧的营区更加封闭。它距连队二十多公里，得穿过数公里石峡，再沿着盘旋而上的简易公路，走到有雪线的地方才能看见。科加尔特边防连的旧营房也只剩残墙，但格局还在，还可以看到一代代戍边人生活的印迹。

连队在这样偏远荒凉的地方，见的生人很少，因为李欣芮从乌鲁木齐赶到连队看望她的对象贺振武，小小的营区正沉浸在一种少有的欢乐气氛中。我们一早从乌恰县出发，赶到连队已是傍晚，远远地就听见了一个女人在教唱《红河谷》这首歌。在这本应是阳性的世界里，李欣芮的声音美妙无比，宛如仙女的歌唱。

李欣芮毕业于新疆师范大学，在乌鲁木齐一所中学教书。这个文弱、灵秀的姑娘有一种常人难以觉察的勇敢。她是利用国庆节放假的时间赶过来的。

她在乌鲁木齐给贺振武写信，一封接一封地寄出去后，没有一点儿回音。两个月后，李欣芮开始担心了。她不知道贺振武已从团步兵连调到边防上了，不知道这里没有便车，团里的信带不到连里，连里的信带不到邮局去，还以为贺振武出了意外。

李欣芮家住乌鲁木齐，很少离开过那座城市，南疆对她而言，是个陌生的地方。对于乌什这个小城，她是认识贺振武后才有所了解的——它位于塔里木盆地北缘，西天山的一隅，距乌鲁木齐有一千多公里路程。

她坐长途汽车到了乌什县，两天两夜的旅途使她疲惫不堪，下车后感到双脚有些发飘。有生以来，她是第一次吃这么大的苦。

她买了许多东西给贺振武，大多是吃的，她以为贺振武身在边关，好东西都吃不上。她心目中的边关就是乌什了。

待找到了贺振武所在的连队，一打听，才知道他已调到边防连去了。

"你们这里不就是边防吗？"她不解地问。

"严格地说不是的，边防连在边防线上。远的连队离这里还有几百公里呢。"

"他去的连队离这里有多远？"

"他去的是离这里最远的边防连，叫科加尔特，离这里快三百公里路。"

李欣芮一听，心就有些凉。好在贺振武是平安的，总算放了心。

团里知道她专程来探望自己的男朋友，很是感动。当即把她安排到招待所住下，团长陈太明、政委高树功都去看望她，并安排她通过军线，和贺振武通了电话。

电话里的声音时断时续，好多话李欣芮听不清楚，而贺振武更是什么也没听见。因为这军用电话还是 20 世纪五六十年代使用的那种，说话必须尽大力气吼着喊着，才能勉强听清。这一点，贺振武知道，而李欣芮还是和平常一样柔声细语。

贺振武叫她不要到边防上来。他说，路远，又不安全。但他内心是怕她看了这里的艰苦情形，心里难受。但李欣芮决心已定，她说，即使上刀山、下火海，也要去。

到连队去只有坐工作组的车或拉物资的车。幸好阿克苏军分区政治部副主任张国诠上校来边防团检查工作，他原计划了别迭里返回团里后，再去科加尔特，听到此事后，他改变了计划，先到科加尔特，以便让李欣芮和贺振武早日见面。

乌什是座西域古城，古称温宿，汉译为"十水"之意，它曾是西域三十六国中的一个；到乾隆年间改为现名，维吾尔语意为"峰峦起飞"。汉唐时期，乌什就已是丝绸之路北路通往大诗人李白出生地碎叶的交通咽喉，自古为兵家必争之地。乌赤山上刻有"远迈汉唐"四个大字。传说这块石刻是为了怀念清朝名将刘锦棠平定阿古柏叛乱而刻的。与此相隔不远处还有一座烽火台，为汉代遗址，是定远侯班超任西域都护时修筑的定远台。边防一带，这种古时的军事设施还有好几处，在去别迭里的山口处，有处高十余米的烽火台与定远台遥遥相望，据冯其庸教授考证，这座烽火台同样是汉唐时期的遗迹。

这是张国诠上校讲给李欣芮听的。

李欣芮一边听着，一边看着沿途的景色。越往前走，她的心就越发紧。渐渐地，也就越发凉了。她没想到，边关会在这样偏僻的地方。

越野车跑了一天，把她送进了科加尔特的营院里。贺振武不知道李欣芮已在车里，他正带着兵在院子里进行体能训练，一看首长的车来了，赶紧过来迎着，到了车跟前，发觉自己没戴帽子，又赶紧跑到单杠跟前拿了帽子戴上。李欣芮在车上见了，忍不住笑起来。

同车的一名干事见贺振武过来，对他说："有人给你带了一件礼物，让我转交给你。"

"哦，嗯……"他想问什么，但又没问出来。

这是一件生日礼物，里面有一千只纸鹤，是李欣芮在贺振武生日前亲手叠的，里面还有一张小生日卡。

贺振武当时就感动了，觉得眼里的泪很难忍住。他怕眼泪在众人面前流出来，捧了东西转身就往连部走。

李欣芮这才下了车，喊他的名字。

贺振武不相信，他停了一下，又往前走了几步，这才回过头来。他看到李欣芮从天而降，顿时愣在那里。

战士们热情地拥上来，给她提包。这些战士多好啊！她觉得，无论是在什么地方，只要人好，只要有相爱的人，一切也都好了。

"很快，我爱上了这里，爱上了这里的高山、蓝天、白云和多情的人。"她后来追忆起来，还是一往情深的样子。

第二天一起床，不知是哪个战士在她住宿的门上贴了一副对联：

人远心愈近
路长情更深

横批是"真爱永恒"。

作为未曾见面的朋友，李欣芮和贺振武只通过几封信，是一次偶然的机会让这个表面文静、秀美的姑娘表达了自己的心迹。

有一次，贺振武休假，到乌鲁木齐看望在那里做生意的女朋友。他这次是准备和她订婚的，没想走在街上，出了车祸，女朋友不幸去世。他醒来后，李欣芮坐在他的身边，是别人从他的衣兜里找到李欣芮写给他的一封信，然后通知她的。贺振武第一句话就问："她人呢？"

李欣芮难过地说："她走了。"

贺振武一听，就晕过去了。第二次醒来，他又问李欣芮："她人呢？"

"她走了。"

李欣芮接着说："她走了，我陪你。"

贺振武听后，很久没有说话，泪还在流，但已不仅仅是因为伤心。他觉得这是不现实的，便说："我在边防，你在都市，距离太远，即使你同意陪我，我也不能同意。"

但随着时间的推移，李欣芮还是用自己的真情实意消除了贺振武的担忧。他们相爱了。

这次来到边关，使李欣芮认识了一个新的世界。她说："这里太纯太净了，山、石头、人，一切的一切都是。而这些，在喧嚣的城市很难找得到的。"

她给连队办了几份板报，教唱了好几首歌曲。她教的那首她编了新词的《红河谷》正在乌什边关传唱——

野羊群离开这里无影无踪，
它知道勇敢的人会留在这里，
他们让这荒芜的地方充满生机，
用青春带给它新生命。

因为有年轻的战士日夜守卫，
田野里才会铺满金色麦穗，
幸福和平的生活才会时时相随，
祖国才会安宁美丽。

第三章
波马非马

离开乌什到达昭苏用了四天时间。两地虽一山之隔，但这"山"是天山，所以需绕道库尔勒，经巩乃斯草原才能到达，汗腾格里峰下的穆素尔达坂，在过去是南北疆之间的重要孔道，如果这个达坂可以通行，两地间的距离就只有120多公里。

使昭苏闻名于外的，一是屯垦，二是天马。

昭苏屯垦，历史悠久，可以追溯到两千多年前的西汉时期。当时屯田有两个目的：一是积谷供军饷、备使粮；二是屯卒固边防。屯田士卒平时务农，遇警时则执干戈为战。当时所派屯卒，多是弛刑的罪人。班超出使西域返回朝廷时对任尚说："塞外吏士，本非孝子顺孙，皆以罪过徙补边屯。"清朝伊犁驻兵是携眷伐边，除达呼尔屯外，其余皆以射猎游牧为业，并定期操练。各营驻户繁衍甚速，至嘉庆年间，据松筠的调查，全伊犁整个驻军人口已近十万口。

昭苏的这些田地大多是在那时开垦的。我们到达时，正是麦收季节。绿色的草原和金色的麦地辉映着大地，高峰林立的天山主脉则白雪皑皑。由崇山峻岭中一泻而出的夏塔河，划开坦荡如砥的草原，在烟波浩渺中汇入特克斯河。一列列的土墩墓，星罗棋布，巨大的土冢犹如一座座小山，一条砂石公路穿过山前的草原，延伸到边防线上。山坡上全是松林草坡，路两边则全是错落的田园。

不时可见飞奔的伊犁马。昭苏在古代就是"天马""西极马"的故乡。由于古代丝绸之路的频繁交往，乌孙的西极"天马"不断得到东西方马种血缘的补充，逐渐形成了别具一格的哈萨克马种。其体格高大，身形匀称紧凑，体质结实，气质灵敏，刚悍威猛。如今西北边防所用军马主要是伊犁马。

波马边防连蛇山前哨班班长龚平在当兵之前，是知道有"塞外江南"之称的伊犁的，也知道闻名古今的伊犁马。但不知道波马。第一次听到这个地名，他还以为那是一种比伊犁马更厉害的好马呢。

如今，他已在这里待了四年。

龚平毕业于四川建筑工程学院，入伍前是成都苏坡桥建筑工程公司项目经理。很多工程项目都是自己施工，独立核算，效益很好。对于他放弃高薪来波马边关戍边，放弃"天府之国"的优裕生活环境而来大地一隅吃苦，凡是熟知他的人，都感到突然，也感到不解。

母亲一听说他要报名从军，当即就哭了，拉着他的手说："娃儿，我们就你一个独苗子，辛辛苦苦供你读书十多年，你一走了之，部队那么苦，新疆那么远，而你什么都有了，为什么要这样做呢？"

龚平不知该怎么回答。

他当兵是出于一次偶然遇到的事。有一天，工程结束后，他正在街上走着，正好遇到一名老人突发心脏病，倒在大街上，来来往往那么多人，没有一个人管。这时，驻成都空军某部的一名战士看见后，立即把老人送到了成都第一人民医院。但那战士当时身上没有钱，就把士兵证和自行车作了抵押。龚平当时非常感动，觉得中国军人的品格的确不一般。也就在那一瞬间，他萌发了当兵的愿望。后来，这一愿望随着时间的推移越来越强烈，所以他毅然报名参了军。

女友见他决心已定，提出"吹灯"，留下一句"当兵后悔了就给我来电话"，哭着走了。母亲更加伤心。父亲既不支持也不反对。临行之际，龚平真有些四面楚歌的感觉，上火车时，全家除了他父亲没掉泪，其余人都在哭。

一出秦岭，便是扑面而来的荒凉。这把龚平的心也搞凉了。他真有些怀疑自己的选择了。到了冰天雪地的新疆，这壮阔的北国风光总算给了他一点安慰。

他的新兵训练成绩不错，但也掉了好几层皮。授衔时新兵营教导员闵效平问他是否愿意留在政治处或后勤处。龚平说，我既然到边防团当兵，我就到边防连。

于是，他来到了波马。

波马无"波"，马倒是不少。平时执勤要用马，巡逻要用马，紧急出动要用马。于是马术训练就成了龚平和其他新兵的必修课。

开始训练的时候，大家的热情都很高，来自草原的战士，急于在众人面前一显身手；来自城镇和农村的战士，则渴望一展扬鞭策马的雄姿；那些装了一肚子豪侠故事的战士，还想领略一下金戈铁马卷平岗的豪情。这种热情和幻想很快就被现实抛光了。龚平连上三次马，接连三次被摔下来。连长薛多宏见状，一声不吭地走上去，脚在马镫上一点，翻身跃上了马背，两腿一夹马腹，那马长嘶一声，如离弦之箭，转眼间已冲出了好远，奔驰一个来回后，跳下马来，往新兵面前一站，毫不客气地说："骑马要技术，但首先要有勇气，人怯被马欺，你畏畏缩缩地往马前走，马一见就瞧不起你，就会摔你这个主儿！"

龚平记住了薛多宏的话，说也奇怪，他再也没从马上被摔下来过。现在，配到连队的军马中，烈马都由他来驯服。

他对边防连孤寂的生活也已习惯，对这一百余公里边防线也已了如指掌。他的梦想是当一名能够指挥未来战争的将军。但由于他入伍时间晚，考军校时超龄，提干又超龄了。这打碎了他的将军梦。他准备复员，但团里决定让他再留一年，他就留下来了。他对部队、对边防充满了感情，能多待一天，他视为荣幸。学会吃苦耐劳的他对回到地方也不害怕。他在成都有一套100多平方米的居室。去年利用探家的时间到广州、深圳、上海等地考察了建筑工程等方面的现状，他对自己的信心比原先更强了。因为他现在更符合一个现代企业家的素质：懂外语、能吃苦、眼界宽、会管理。学会了后三者，他认为是部队给予他的最大财富，而这几点，正是现代企业家最基本的要求。

"真正的成功意味着放弃容易成功的东西，而选择了很难成功的东西。"他沉思了半晌，对我说。

我说："你的这句话对任何一个希望取得成功的人都是重要的。"

龚平带着自己的四名战友守着蛇山前哨，负责四十多公里的边境线。他每周都要和战友一起，到边境巡逻三次，并不定时地潜伏数次。这使精干而书生气很重的龚平显得有些疲惫。

他在前哨班的一棵白杨下站好，然后把军犬蓝宁叫到身边，以汗腾格里峰为背景，请我为他留一张影。

我觉得他一提起离开这里就有些伤感，虽然回成都后他什么也不缺。但他对这里的情感已深于自己的故乡。

老军犬蓝宁似乎知道龚平的心事，也神情忧郁起来。他俩有生死之交，所以平时总是形影不离。去年冬天，一名逃犯企图从 1 号沟越境，龚平带着一班和蓝宁在冰天雪地里展开追捕，整整追了三天三夜，直追到汗腾格里峰下，蓝宁冲上去夺逃犯的枪时被逃犯打伤。当时他俩冲在最前面，蓝宁和龚平都已筋疲力尽，但它忍着痛，把那逃犯放翻了，并咬住了逃犯拿枪的手。但蓝宁回到连里，由于雪盲太重，眼睛差不多瞎了。龚平把自己的三等功让给了蓝宁，因为他知道，蓝宁因为受伤，只能退役了。

而现在，蓝宁也知道他要退役了。作为战友，他们有同样的不舍。他们彼此也会因此而不弃、不离。

第四章

死亡雪谷

哈桑边防连的季节性前哨班设在天山支脉沙尔套山深处的康苏沟里。这里山高路险，沟深风大，野狼成群，毒蛇遍地，地形复杂，素有"死亡雪谷"之称。

到前哨班36公里路程，有18公里是在河水冲成的深沟里行进，最窄处只能容一匹马通过。我骑马进去用了8个多小时，蹚过近百道河，拐了七八十道弯，好些地方，连军马走起来都很吃力。

我是随着给前哨班送给养的马队进去的。由于河水大，东风牵引车上不去，只能靠马驮，半个月送一次。6月至8月河水更大，马队也上不去，大家就只有自力更生了。

同行的上士彭军告诉我，他在上面守防时，曾断粮20天，饿得大家最后都起不来了。

雨下得没完没了，密集的大雨伴着闪电惊雷，笼罩了整个康苏沟。当时只剩下半袋面粉、一包干辣椒面，食盐也没有了，最后只有靠大颗粒的马盐对付。大半袋面粉按说只能吃三天，但他们吃了八天还剩小半袋。每人每顿搅一碗面糊糊，一天只吃两顿。副指导员常国强和三名党员常常一天只吃一顿，他们把属于自己的这一碗面糊糊让给到雨中巡逻的战友吃。常国强的那一碗大多让给了病号李方宏。李方宏发高烧说胡话，迷迷糊糊神志不清，但没有一片药，大家急得直跺脚。

又过了三天，雨还在下。面粉只有留给病号李方宏一个人吃了。大家去抖马料口袋，抖出来四斤已发霉的黄豆，就和着马盐煮了吃。张一鹏带人去采蘑菇，找野菜。什么野芹菜、野豌豆苗、野草莓、野葱，只要能填肚子的就采回来。没有油，也没有别的调料，这些野菜和蘑菇全是用马盐炒，非常难吃。后来，这些野菜成了主食，吃得每个人面孔发绿。

到了第18天，雨还是没有停下来，常国强和彭军决定出去打猎，但不能在靠近边境的地方，因为边境上不允许随意开枪。走了两三公里，两人就没劲了。常国强说："不能再往前走了，再走下去，打不到什么东西，恐怕我们自己也走不回去了。"两人只好挂着树棍往回返。

山上断粮，山下更慌。

副连长徐全智带队三次送粮，走到沟口，都被汹涌的洪水阻了回来。第四次，他说即使天上下刀子，也得把食物送上去。他还是像之前那样，把给养——密封好，带着三个战士，牵着驮了给养的马出发了。然而，头上电闪雷鸣，脚下浊浪翻卷，横在眼前的哈桑河积蓄了它全部的凶猛劲，不可一世地咆哮着。

徐全智不甘心被哈桑河再次挡住送粮的去路，他决心游过去。三名战士自己要下去，他不放心。他说："我的游泳技术好，不怕。"

他扛着一袋密封好的面粉下了河，一步一步地往前移。实际上，这跟游泳是两回事，洪水之下，满河翻滚的是大大小小的石头和断木，因流速很急，所以力量很大，撞得他的腿不停地打战。岸上的人都齐声喊他返回，但他就是不甘心。他把面粉举起来，仍然顽强地往前移。眼看到了河中间，突然一截断木从上游冲来，猛地撞到他已被水淹没的脖子上，面粉和他转瞬间消失了。岸上的战友追着滔滔浊浪，大声呼叫着他的名字，但永远没有回音了。

前哨班的战士从电报中得知此事后，无比悲痛。他们忍着饥饿，出去采了无数的野花，抛向呜咽着的哈桑河。

哨所就两间木屋，临哈桑河而建。

这一次，排长马汉杰带着八个战士驻守在上面。他们的新鲜菜已断了好几天了。前两天马培禄吃野蘑菇中了毒，弄得口吐白沫，后来又上吐下泻，幸好用大蒜和生姜熬汤解了毒。现在脸还有些苍白。

这里空气潮湿，被褥衣服经常湿乎乎的。当晚刚要在山风的呼啸声中入睡，就听见狼的嗥叫声一阵紧似一阵地传过来，忽远忽近，让人毛骨悚然。排长马汉杰安慰说："我们已经习惯了，这是我们每天晚上的催眠曲，没有它，还睡不着觉呢。"

"外面的哨兵和军马没事儿吧？"我担心地问。

"哨兵没事儿，他在哨楼上，狼够不着。马厩是封闭的，这是专门为了对付这些狼修建的。但有时也挺麻烦，这些狼群会越聚越多，有时达上百只。它们围着哨楼上的哨兵转，不肯离开，搞得哨兵下不了哨。因为这里距边境就一公里距离，不能开枪，大家只好拿着火把，冲出去，把狼赶跑。"

由狼的叫声组成的安眠曲毕竟不好听，我终于迷迷糊糊睡着了，但做了一晚上的梦，几乎全是被狼追赶的情景。

"还有讨厌的野猪。"马汉杰说，"我们开了一块菜地，种了油白菜和菠菜，长得很好，但大家舍不得吃，想的是每次领导来，都没有什么好招待的，就留着。不想没几天，来了一群野猪，有四十多头。它们把木头围栏拱倒，把里面的菜啃得一棵不剩。又不能开枪去赶它们，它们反而向人进攻。以后又种了几次，都是一样的结果，此后就再也不种了。"

我到那块菜地一看，野猪粪还留在那里。

这里有很多马鹿，每年都有盗猎分子偷偷到边境一带偷猎。战士张胜利告诉我——

去年刚上来的那天，大家正在收拾东西。收拾好后，已是夜里12点，这时突然听见了狗叫。哨兵发现一个穿着白衣服的人在夜色中乱窜。副连长肖克拉提马上把大家分成四个组，两人一组，房后、屋顶、屋内、防御工事里各两人。准备好后，副连长带着我慢慢摸过去，靠近后，才猛地跃出，将他扑倒在地。带回哨所一问，他说他是来打马鹿的，和另一个人走散了。

第二天，除留两人看押这个盗猎者外，其余人员分成两个巡逻小组，沿边境线分头巡逻搜捕。到了中午，边境上突然响起了枪声。

肖克拉提立即带着战士努尔别克和吴林军朝枪响处跑过去。赶去一看，一头马鹿已倒在血泊之中。那位盗猎者的双管猎枪还冒着蓝烟。当三只黑色的枪口对准他时，他乖乖束手就擒了。

押送途中，那位盗猎者提出要方便。肖克拉提把马勒住，不想偷猎者却从裤子里摸出厚厚一沓人民币来，说："解放军兄弟，求你了，这是一点点小意思，只要兄弟放我一马，这些射猎的马鹿统统归你们。马鹿浑身是宝哩，一只马鹿少说也能换上万块钱。这年头，钱可不扎手。与人方便，自己方便嘛！"

肖克拉提一扬马鞭，把钱打掉了……

第五章

霍尔果斯的国门哨

霍尔果斯河是一条由北向南流的小河，发源于天山卡拉乔克山中。1881 年，沙皇俄国强迫清王朝签订的《中俄伊犁条约》就是以霍尔果斯河为界的。

我们从可克达拉前沿指挥所赶往霍尔果斯口岸，两边是种着庄稼的原野，和平、安宁，喧嚣的是这来往不绝的车辆。这些或我国的、或哈萨克斯坦的货车满载着货物。公路两边是高大的杨树，八九排并列，如两堵绿色的高墙，一直伸向十几公里、几十公里以外的地方。阳光在林荫大道间闪烁，洒下网一般的亮点。大道的尽头，就是充满现代气息、规模已如小城般的霍尔果斯口岸（现已改为霍尔果斯市）。霍尔果斯边防连就在这小城中间，高高的哨楼是它的标志。中国的铁丝网是新修的，与铁丝网相伴的就是巡逻路。

如今，和平的气息弥漫在边境上。哈方的农庄与我方的村舍鸡犬相闻，炊烟互绕。鸟永远是自由的，它们没有任何国境和边界的意识，鸣叫着，在两国间的上空飞来飞去。

一座界桥把中国和哈萨克斯坦分开，又把两国相连。这里面向中亚各国，是我国对中亚贸易的最大公路口岸。而远在隋唐时期，这里就是古代"丝绸之路"上的一个重要驿站。

作为霍尔果斯边防连的军人，他们的抗争对手已不是艰苦环境，而是自身的各种欲望。连长余贵平告诉我们，身边经过的是挣钱的，耳朵听到的是谈钱的，眼睛看到的是数钱的，真可以说是"墙外数票子，墙内喊号子"。但连队官兵没有被这些东西诱惑。

一位姓杜的老板打听到前哨班班长汪春强是自己的同乡。一天，汪春强在从连队返回国门哨的路上，老板问他："你一个月多少钱？""不多。""我们谈生意，说几句话就能挣上万儿八千的。"

老板和盘托出了自己的来意："我们是老乡，今天我给你一次机会，今晚有一车货过境，不管我从什么地方过，只要你睁一只眼闭一只眼，先给你一万元定金，事成之后再重谢。"

老板见汪春强不吱声，就说："挣点儿钱不容易，以后我们还可以长期合作，我保证你一年下来在六位数。你好好想想，我等着。"

"你不用等，我已经想好了，我这双眼睛是属于祖国的，只能睁，不能闭。"汪春强坚定地说。

钱，对每一个人来说都是重要的。对于汪春强来说，他更需要钱。汪春强当兵之前，曾考上了新疆干部管理学校，但因为没有钱，他只好弃学从戎。他拿到入学通知书那天，一点儿也高兴不起来，反而觉得难受。他父亲卧病在床。就母亲一人拉扯他和弟弟，家里的境况非常困难。他知道这一纸入学通知书只能让母亲难受，就一直没有拿出来给母亲看。母亲后来从同学处知道他考上了学，他才不得不将入学通知书交给母亲。母亲拿着通知书就哭了。汪春强怕母亲过于伤心，就说："妈，这学我不上了，好男儿志在四方，我准备年底当兵去。"母亲惭愧地说："孩子，都是妈太无能了，妈对不住你啊！"

一夜之间，母亲就老了许多。

汪春强来到部队后，每月的津贴恨不得掰成两半花。津贴一领过来，除了购买牙膏、肥皂等生活必需品，其余的他就寄回家去给父亲治病和供弟弟上学。当弟弟考上新疆财经大学后，他经济更加紧张。为了交弟弟的学费和生活费，他已在战友处借了几千元钱。当时，弟弟已面临着弃学的危险。但汪春强知道，作为军人，作为一名国门卫士，更需要的是自重，更需要的是品行。

有一年春节，口岸集装箱公司的经理找到指导员康繁荣，请求连队每晚派警卫看守货场，给每人一年付1万元的定金，盈利后再按百分之五提成，一年就是上百万元的收入。但康繁荣婉言拒绝了。

许多人对此不解："送上门的钱都不要，你们到底图个啥？"

康繁荣幽默地说："我们图的只有自己才明白，应该是比金钱更重要的东西。"

口岸作为一个特殊的地方，表现更多的就是商品与商品、商品与金钱之间的交易。人与金钱的关系在这里表现得尤为明显。对此，汪春强把陆游的两句诗写下来，作为自己的座右铭：

> 丈夫自重如拱璧，
> 安用人看一钱直。

这句话已成为全连官兵自重自尊，抵制金钱诱惑的金玉良言。

营区到国门哨1070米，这段路是口岸的中心孔道，无论春夏秋冬，上下国门哨的战士每天要往返8趟。他们所担负巡逻的边境，地形开阔，边情复杂，做买卖、观光旅游的中外游客很多，稍有不慎，就有可能越界，造成涉外事故。

为了严守边防，连队变过去一周三次巡逻为每天一次，巡逻的方式也以徒步为主。观察瞭望由过去观察对方为主，改为全天候、全方位监控。大家练就了一套过硬的执勤本领，走一趟巡逻路，可以牢记防区内地形、地貌特征及大部分物体的形状、位置，观察瞭望可以一口报出可疑目标、移动速度和移动位置。

一个烈日炎炎的夏天，戈壁滩上的地表温度40多摄氏度。战士张应武正在哨位上执勤，他没有觉察两位香港游客对他注视了很久。他们凝视着这位全身被汗水浸透仍腰扎武装带、军容严整、挺拔如松、荷枪站在哨位上的战士，非常感动，就走过去和他搭话："小伙子，在口岸站哨，薪水一定很高吧？"

"我们和全军一样，都是一个标准的津贴。"

"这大热天的，在哨楼里站哨不行吗？"

"哨位设在哪里，我就站在哪里。"

离开时，老人要把自己的戒指留给张应武，他婉言谢绝了。

最后，两位老人去买了两箱饮料、几条毛巾，放在他的脚边，坚决要他收下，说："这是我们的敬意，下了哨，可以解解渴，擦擦汗。"

张应武见推辞不掉，说了声"谢谢"，向两位老人行了个庄重的军礼。

采访的当天下午，上级通知连队带人去修理河道，我随车前往。时值夏季，霍尔果斯河谷两侧，绿树成荫，鲜花盛开；一人来高的刺玫开得最为茂盛，满树黄花，十分好看。河西哈萨克斯坦一方，出现了河水旷日冲刷形成的峭壁，看上去高十几米，其上孔穴遍布，如同蜂巢，那里是野鸽、岩燕和其他小鸟的家。峭壁上铁丝网的背后，就是大片的浓绿，浓绿中有曲折的小径、悠闲的行人、整齐的铁皮房屋，可以听见马的嘶鸣、牛的哞叫、孩子的哭笑……呈现出一派悠然的田园情调。

大家在河湾处停下来，把冲垮的地方用铁丝网装上卵石，垒筑起了一堵河堤；而对岸哈萨克斯坦一方，也有拖拉机停着。

这就是寸土必护。

霍尔果斯河作为中哈两国界河，每年洪水期，河水暴涨；有时漫向我方，有时漫向哈方。为了不让河流改道，为了不丢失国土，两国经过会晤，都经常派人疏浚河道，保护河岸。

霍尔果斯河时缓时急地向前流淌着，既承载着过去，又为今天的和平唱着赞歌。

我拾起一粒被河水冲刷得溜圆的小卵石，带上，准备日后更清楚地了解它的分量和饱含的复杂含义。我相信，我即使在这一粒小卵石中也能听到霍尔果斯河的流水声。

第六程　风雪北疆

大风起兮云飞扬，
有我猛士兮守四方。

第一章

大风歌

铁列克提边防连位于阿拉套山和巴尔鲁克山相对的"喇叭口"上，对面是哈萨克斯坦的阿拉库里湖，因此成为乌拉尔山冷空气南下的通道。铁列克提是哈萨克语"白杨树"的意思，但因为风大，白杨很难成活，只能看到荒山秃岭。每年6级以上的大风，要刮250天以上，最大风力达到12级。因此，一谈起铁列克提的风，人人都会色变。

前哨班的风更猛更烈，一年365天，几乎不停歇。为了领略这大风，我们特地来到铁列克提前哨班采访。

远远地就听见了风的吼叫，我像是在走近狂风大作、波涛汹涌的大海。

只能从山的背面上去。战士们所住平房的墙是加厚了的，玻璃窗上网着铁丝。迎风一面的山坡全是被大风抽打得发黑的石头。土早被它们啃食光了。哨所在背风的小山坳里，观察点则设在高高的山头上。

那里根本站不住人。

观察点与住处由一条长数百米的、蜿蜒的地道相连。上下哨位都是在地道里来往。

排长孙德刚喜好书法，在哨所的墙上，我看到了他的作品：

> 大风起兮云飞扬，
>
> 有我猛士兮守四方。

最后有"与战友共勉"字样。

这里的风比连队的要大好几倍。大风彻底地改变了战士们原有的生活秩序：该出操时出不了操，该开饭时开不了饭，但只有巡逻和上哨是任何情况都改变不了的。

每个人都知道农历新年即将到来，但谁也没有去迎接它。

哨所共五个人，有两个上了观察哨，卢茂林坐了一会儿，也要去，就站起身走了。剩下孙德刚和战士杨军。杨军最后也坐不住，抬起屁股就要往地道里钻。

"你到哪儿去呐？"孙德刚忍不住问。

"去观察哨。"杨军说。

"去那么多人干啥子呐。"

"可是，坐在这里又干啥呢。"

"那就去吧。"

早上起来，孙德刚发现储水池被冻裂了。水流到了外面的煤渣里，结成了黑乎乎的冰。

这一断水，生存马上就成了问题，把好不容易才有的过年的心情全部破坏了。本是准备做点儿饭的——各献技艺，每人做两样。没水后，就什么也做不成了。大风扬起的尘沙使天地一片昏暗，房子里显得更暗了。"是的，与其昏昏然坐在这里，还不如去观察哨和大家待在一起。"孙德刚一边想着，一边也就往地道里钻，但他马上停住了。

"这里得留个人。"

他把压缩干粮和罐头找出来摆上，这就是年夜饭。然后又找了两支蜡烛放好，准备在他们回来后就点上。

然后，他准备去山下的小河里提水。他穿上皮大衣，戴上皮帽子，提着那个塑料壶出门了。

大风夹着沙石和雪粒狂吼不息。

风迎面刮来，孙德刚弓着身子，顶风而行，但没走几步就走不动了，睁不开眼睛不说，还感到有无数双有力的大手在把他往后推。举步维艰，站立不稳。在原地折腾了好久，索性匍匐着，向山下爬去。

一个多小时后，他终于爬到了那条小河边。河面上结了一层厚厚的冰。他用石头砸开冰面，舀了两桶水。他提着水刚要站起来，就被风吹得不由得往前蹿去。他心中暗喜："有风推着，看来回去是不用再费劲爬坡了。"他赶紧趴下，爬回河边，又抱了一大块冰，解开大衣，放进怀里，乘着风势，让风推着他往山上跑。他觉得自己好像长了一对翅膀。

无数根巨大的皮鞭"噼噼啪啪"地抽打着大地，烛光惊惧地颤抖着。天已傍晚，除夕夜即将到来。

这时，卢茂林来报告说40号地堡附近发现了一群我方牧民的马，马上要越过边界了。

孙德刚让马海原跟他一起去赶马。宿继儒说："排长，你刚才提水了，还没缓过劲来，让我和马海原一起去吧。"说完，就去拿皮大衣。

"这风大，你们可得小心点。"

"排长，你放心吧！"

"我们等你俩回来吃年夜饭。"

这里的风永远都肆虐着。因为距40号地堡太远，爬过去得半天，马海原和宿继儒就顺着山的背面，跑到山跟前，然后，绕道避风的路径就没有了，两人气喘吁吁地在地上躺了一会儿，开始翻越钢管山——否则要绕更多的路。而马群已离边境越来越近。两人一咬牙，就开始往山上爬。越到高处风越大。大风如一面墙死死地拦住了他们。即使往山上爬都很吃力了。沙石击打着他们的脸，针扎一样痛。他俩只好躲在一块大石头后，一边躲避这猛烈的风势，一边给自己铆劲，待劲儿铆足了，两人手拉着手猛地站起，想硬往前冲。但他们被大风撞击得倒了下去。宿继儒一直滚到了山坡下，衣服挂破了，脸和手也被划伤。浑身摔得疼痛不已，他不由得痛苦地呻吟起来。

马海原见宿继儒半天没有爬起来，赶紧冲下山，问他有没有事。宿继儒说："没太大的事，就是摔得岔气了。"

马海原把他扶起来，说："想少绕点路看来还不行，还得从山脚绕过去。"

两人绕过大风，跌跌撞撞地到了边界，还好，马群还在中国境内。

在大风中过了大年初一。初二一早，连里打电话到前哨，说团里慰问连队的车今天要上山，让宿继儒去连队坐车下山探家。

宿继儒特别高兴。探家报告年前就批了，他原计划回家和家人过年团圆的，但因为没有等到连里的便车，就一直拖了下来。现在终于可以下山，他一下子着急起来，赶快收拾好东西，向大家道别后，就出了门。沙尘马上吞没了他的身体，孙德刚追出哨所，把风镜递给他，让他戴上。

宿继儒往前走了没多久，一阵大风尖啸着，把他猛地掀翻在地。他四仰八叉地倒在山坡上，又体会到了昨天被摔下山时的痛苦。他挣扎着爬起来，又被风刮倒在山坡上。

待停下步子，他觉得脑袋有些晕眩。脸上有热乎乎的东西，用手一摸，是血。

他就这样，被大风掀翻，又在大风中站起，带着满身伤痕，不知不觉地已从早上走到了黄昏。

他一直与风搏斗着，看着更加昏黄的天地，才觉得肚子很饿。

他咽了一块压缩干粮，赌气似的对大风说："你不让我回连队，我今天就非回连队不可！"

他振奋了斗志，又开始往前走。

夜似乎比以前的夜要黑，什么也看不见。宿继儒只能按大致的方位走。作为连队的一名老兵，这十几公里路他已走过多次，他相信自己一定能回到连队。

风显然比他强大，也显然与他较上了劲。趁宿继儒摸索着走到了一个山垭口，大风再次把他掀翻，他来不及做任何反应，从山垭口跌进了山谷里。他在坠落时大叫了一声，但落地后便失去了知觉。

风沉默了一小会儿，似乎在为战胜对手而暗喜。不知过了多久，宿继儒慢慢醒了过来，脸上的血已经干了。山谷里的风小了许多，但从高处掠过的风还在尖啸。

"我的妈呀，这是哪里呢？"

他迷路了。

宿继儒一走出山谷，就被大风裹挟住了。在这漆黑的夜里，他只能被风推拥着乱跑。小跑了一阵，他不敢跑了，他怕这风会把他裹挟到国外去。他赶紧趴下。在寒冷中等待天亮。

前哨班在宿继儒离开之际，就向连队报告了他出发的时间。连队等到天黑，还没见他的影子，就知道情况不妙。

连长陈福生和副连长张建新马上各带一队人马，分头向前哨班和 30 号界碑两个方向搜寻。

风大、天黑，找人非常困难，呼喊宿继儒的名字，声音也传不远。即使是手电光，也被尘沙裹得紧紧的，稍远处就看不见了。

宿继儒在地上趴着，冻得直哆嗦。为防止冻僵，每当风小的时候，就站起来，跳一跳，活动活动身子。

渐渐地可以见到一些天光，他尿憋得不行，就站起来小便，没想刚尿了一半，一阵风刮来，尿就飞了起来，打在了他的脸上。他赶紧转过身子，咕哝道："弄迷糊了，又忘了不能对风撒尿的要领，让尿洗脸了。"

天渐渐亮了。宿继儒一看，自己离 30 号界碑就 100多米距离，昨晚如果不刹住步子，就真的越界了。他暗自庆幸着，辨明了方向，继续往连队里走。

风，肆虐了一夜，像是终于疲惫了。

宿继儒走到 40 号界碑附近，看见了前来营救自己的战友，眼泪一下就涌了出来……

第二章
有个地方叫北湾

驻哈巴河某边防团团长李文德中校告诉我们，北湾是世界"四大蚊虫王国"之一，每立方米的空间里有1700多只蚊子。伸手一抓，就是一把，北湾边防连的官兵们无不谈"蚊"色变。

北湾边防连位于额尔齐斯河与阿拉克列克河交汇处，也是中国与哈萨克斯坦交界的地方。这里地势低、河汊多，沼泽遍布，水洼相连，每到夏季，就成了蚊虫繁衍的理想场地。

在前往北湾的路上，团干部股股长马晓江说："在北湾千万不能坏车。车坏了后千万不能开车门。一开车门，蚊子就会涌进来。到了连队，下车之后，就得赶紧往房子里跑。"

"没有那么玄乎吧。"我不相信。

"到后你就会相信的。这里的蚊子密度大，常常形成蚊墙、蚊阵、蚊网，随便伸手抓一把，也会有七八十个。蚊子一般是昼伏夜出，但北湾的蚊子是24小时全天候出击。防蚊油对它们根本不起作用。"

果然，我们一抵达北湾边防连所在地域，就吓住了：每当我们的车速一减慢，这些闻到人的气味的家伙就会黑压压地压过来，天光顿时变得昏暗，"嗡嗡"声隔着吉普车都能听见，如同数百架战斗机在轰鸣。

不一会儿，我们就遭到了"小咬"的袭击。这种极小的蚊虫无孔不入，特别能钻人的鼻孔和耳朵，一沾皮肤，就奇痒难耐。它们是从吉普车的缝隙里钻进车里的。一时间，我们都慌乱起来，不停地用手左扇右拍。

下了吉普车，车门一开，我和车上的人就抱着头，不顾一切地冲进了连部。但即使这样，我还是遭到了它们的袭击。我的脸已遍布红斑。

屋里的蚊子少了些，但还是有，我赶紧往脸上涂抹防蚊油。

一会儿，我就看到了一队潜伏归来的官兵，乍看起来，他们的装束很是奇特，颇像外星人。如此大热的晴天，他们戴着防蚊帽，穿着三件厚外衣，还裹着雨衣。浑身热汗流淌，却把每个衣扣都扣得严严实实。再仔细一看，发现他们头上还罩着好几层纱巾，那是用来抵挡可怕的"小咬"的攻击的。

在这里，只要一走出连部，就得换上这样的装束。一两层衣服是挡不住蚊虫叮咬的。

最害怕的是上厕所，但我刚好要解决这样的问题。我问连长怎么办？

连长告诉我："你得戴上防蚊帽，穿上迷彩服，迷彩服外面再套上冬装，然后戴上手套，就算武装好了。"说完，他叫通信员给我找来一叠旧报纸和一个打火机，让我带上。

我问："带这些东西干吗？"

通信员腼腆地一笑，说："你上厕所总不能不脱裤子吧？一脱，蚊子可就欢喜了，不把你咬得狼狈逃窜才怪。这报纸就是让你点燃后熏蚊子的。但报纸有限，你得快点。"

我这才明白了。刚一走出屋子，蚊子就从四面八方聚集过来，黑压压的，把我裹了一层又一层。我竟然看不清前面的路了。进了厕所，一边用烟火保护自己的屁股，一边快速进行。即使如此，仍有不顾死活、采取自杀性进攻的蚊子咬得我直跳。我暗想，这里的官兵若得上个便秘，那就倒霉了。

战士们给我们讲了三个事例，来说明北湾蚊子如何凶猛——

有一年夏天，连队从伊犁接回了五匹膘肥体壮的军马，可到站不久，就被蚊子叮得日夜不宁，吃不进草，喝不进水，很快就瘦得皮包骨头，有匹马被叮得血肉模糊，全身出现了丘疹，再加上"小咬"钻入鼻孔、耳朵，造成耳道溃烂，感染化脓，不久就死了。其余四匹军马被边防站的牧马战士赶到北湾之外的地界去放牧，才免于毙命。还有一次，军区文工团到北湾来慰问演出，当时正是蚊子猖獗的七月。战士们看演出时，裹着雨衣，穿着长毡筒，戴着防蚊帽，用来抵御蚊虫的叮咬。演员就惨了，一张嘴唱歌就有蚊子钻进嘴里、喉咙里、耳朵里、鼻孔里，弄得花容失色，像猴子一样不停地拍打蹦跳，演出根本没法进行，最后只能停止。战士们做过实验，在北湾蚊子最多的时节，往执勤战士的背上拍一掌，粘在手上的死蚊子有142只之多。

官兵们处于蚊虫的重围之中，工作、生活极不方便。而最苦的应当是放牧员孙建荣。他每天早出晚归，在30多摄氏度的盛夏，却穿着很厚的衣服。很多时候，他热得受不了，就只有先点上一堆火，用烟把蚊子熏走，自己才敢脱掉衣服，轻松一下，而大多数时候，他的身子都被浸泡在汗水里。

孙建荣说："我一听蚊子叫，心里就发怵，心烦意乱，无所适从。有一件事说起来你肯定不相信。就在我们连附近，一位农场的农工下地干活，将两岁的孩子放在地头睡觉，她用纱巾盖住孩子的脸，包住手脚，再盖上自己的衣服，没想回来一看，衣服被孩子蹬开了，纱巾被风吹走了。孩子的脸上、身上全是黑压压的蚊子，差点儿被蚊子活活叮死了。"

　　吃过午饭，副指导员潘存文要带队到南湾巡逻，我们决定和他们一起去。

　　在夏常服外面穿上厚迷彩服，把拉链全部拉上，再把领口、袖口、下摆、裤腿口都捆扎严实，再裹上雨衣，脸和手上抹了防蚊油，再戴上防蚊帽，我就跟着巡逻分队出发了。今天的气温是 34 摄氏度，一穿上那些行头，汗水就呼呼往外冒。没过多久，衣服就湿透了，浑身难受。而战士们似乎习惯了，只任由汗水流淌。

　　蚊子尾随着我们，越来越多，形成一个移动的黑色蚊团，如一大团黑云，把天空都遮住了。我不禁有些慌乱。听到它们的叫声，我就不由得难受，加之刚才满脸汗水，把手伸进防蚊帽的网罩里去擦汗水，已有不少蚊子和"小咬"趁机蜂拥而入，咬得我痛苦不堪，顿时心烦意乱，窝了一股股无名之火，心情一下子变得恶劣起来，但只能对自己发泄，拍打被蚊子叮咬的脸时，手就格外重，"啪啪啪"像是在扇自己耳光。

　　额尔齐斯河两岸，白杨参天。在河里巡逻靠的是船艇，到南湾去也必须横渡额尔齐斯河。河流显得异常平静。不紧不慢地从宽阔的河道间流走。

　　艇长杨发斌是名专业军士，他先于我们到达，已做好了渡河的准备。他自入伍以来，就一直待在北湾。但让他给谈谈他的感受时，他说："咱们这儿，蚊子是主体，它们比人多，比人叫得响，比人的名气大。"

乘艇过了河，我们爬上岸，进入丛林。林地刚被河水淹没过，地下满是黑色的淤泥，紧随我们的蚊团仍然紧跟不舍。这团带着声音的乌云越来越大、越来越厚，就压在我们头顶，真正的黑云压顶。而进入林子后，无数的蚊子轰地飞起，形成一道道蚊墙，像一重重黑色的大幕不断降下，眼前一片昏暗，竟然什么也看不清楚。

我的身体顿时发紧、发抖、发凉，心里顿时发怵、发麻、发慌。我们用手去挥赶那些蚊子，却像是要去挥赶一团黑云似的无能为力。再看看自己身上，已全部变黑了，蚊虫覆盖了一层又一层，密密麻麻的，浑身全是蚊虫在蠕动。蚊子的叫声尤为恐怖。那些声音像是从地狱中传出来，又汇聚到耳边的，虽然显得遥远，却十分真切。

我举起相机要拍照，但它们马上就爬满了镜头，什么都看不见了，根本照不成。

40 号界碑上面也落满了蚊子，看不清界碑的面目。潘存文用树枝把界碑上的蚊子赶走，看到界碑正常，才算是完成了这次巡逻任务。

第三章

雪海孤岛

　　红山嘴边防连位于阿尔泰山深处。只要在新疆待过的人，大多会听说那里道路的艰险，风雪的恶劣。它是北疆边防最艰苦的地方，"雪海孤岛"的大名闻名全军。在险峻无比的重重大山的围困下，无论是冬季还是夏季，红山嘴都被置于惊涛骇浪的中心。

　　这是一条"备战"年代里，在悬崖峭壁上用炸药硬炸出来的道路。在炸出这条路的毛坯后很长时间里，就没人管了，余下的交给了往返于此的戍边人和"淘金人"的车轮：你们自己去把它碾平吧！

　　阿尔泰山作为一座古老的金山已尽人皆知，所以沿途有很多淘金人。他们在利欲和生计的驱动下，在艰苦的环境中不知辛苦地劳作着，一天又一天，把自己的岁月渐渐淘空。

吉普车时而蠕动于万丈悬崖之下，时而颠簸于深峡沟谷之间。无论行走在哪里，道路都没有使它停止颠跳。没过多久，我就被撞击得头晕眼花，只好让司机停下来，休息片刻再说。

重新上路后，我就不停地问连队翻译巴图还有多远。他总是笑着说："不远了，快到了。"

其实，前面的路还很长，路也越来越难走，但我感激他这样回答，因为这使我少了些对危险的惧怕，总感到目的地即将到达。

我不得不承认，这是边防行以来，除喀喇昆仑和阿里之外最险要的道路。喀喇昆仑和阿里以其阔大而将万般凶险分散在各处，而阿尔泰山却让你在一日之间将其险恶经历个遍。

"翻过九公里达坂，就真正到了。"巴图可能看出了我的痛苦，赶紧安慰我。

巴图是从内蒙古入伍到红山嘴的，在这里已待了十多年。他沉默寡言，一路我不问他，他一般很少主动说话。但现在他的话也被往事勾起来了。他说，他当年还是一名新兵时就知道了这红山嘴风雪的厉害——

"那一次，军车拉着我们，颠簸了两天后，终于被大雪挡住了。我自幼生活在内蒙古，也是见过暴风雪的。但在4月上旬，别处早已草绿花开，这里还有如此大的雪，我是第一次见到。

　　"车在路上就走不成了，连长张才国让我们下车，徒步向哨所行进。那时候车少，路况更差，其实，也可以说没有路，只有一条刚好能搁下两个车轮子的便道，所以大家把上红山嘴叫作闯'鬼门关'。1984 年，才在九公里达坂上凿出了一条勉强可称为路的公路。但每年 10 月至次年 6 月，这段路因大雪阻隔，无人能够通行。

　　"我们背着 30 多公斤重的行李，踏着雪，艰难地朝达坂顶爬去。这达坂光上去就有 9 公里，下去一直延伸到了连队，有 25 公里。因为积雪太厚，十分难走。从中午走到天色昏暗，才前行了 4 公里多。大家正在叫苦，突然前面山崩地裂一声响，半座雪山崩塌了下来——那就是雪崩。好在我们离它还有几百米的距离，人员无一伤亡，只有雪沫冰屑击打在了我们的脸上。

　　"我们是第一次见到这样的情形，所以都被吓傻了。为了防止意外，我们不敢在夜里摸黑过这雪崩地段，只得就地铺上大衣，裹着被子挤在一起，等待天亮。第二天，我们一边开路，一边前行，足足又走了一个上午，才上了达坂。下山显然容易多了，遇到坡缓的地方，大家就顺着山坡往下滑。到达连队，已是下午 4 点钟。在路上，我没有哭，当天晚上躺在连队的被窝里，我却伤心地流了泪。"

　　巴图说完，就紧闭了"金口"，好像他刚才讲述的事与他本人没有任何关系。

　　连队周围的雪早已融化，但雪峰上的雪还闪着耀眼的光芒。重重林海把连队紧紧地裹住，连队背后那红色的山崖如血一般醒目——这也是之所以叫"红山嘴"的原因。

一进连队，我就注意到了那头在连队院子里的草坪间吃草的马鹿。它温和、美丽、神情悠闲。它好奇地打量了我们一阵，叫了两声，表示了对我们的欢迎后，即与连队的狗嬉戏起来。

营院里的鹿使自然与人显得融洽、和谐。我以为它是从连队周围的林子里跑进连队来的。战士们说，也可以这么讲。

原来，这头马鹿是两年前战士们在巡逻路上发现的。当时它浑身是血，刚出生不久。但它的母亲不在了，不知是被偷猎者枪杀了，还是被开金矿的隆隆炮声吓跑了。反正，它被遗弃在了那里。

战士们把它抱回了连队，用火把它的毛烤干。战士们把自己的奶粉省出来，一勺一勺地喂它，像喂孩子一样。它活了下来，不久就能跑了。它成了边防连的一员，给战士们带来了很多欢乐。它长大以后，虽天天早上外出觅食，但晚上必定会回连队这个家。

大家给这头美丽的母鹿取了一个美丽的名字，叫"巴哈尔古丽"，这是新疆一名优秀的维吾尔族歌唱家的大名。战士们喜欢听她的歌。

它成了连队唯一的"女性"，是这里的"女王"。

红山嘴也曾上来过一个女性，她是老兵孙怀康的妻子赵琼。赵琼是9月份随运送物资的军车上来的，夫妻俩已近一年没见面，自然十分恩爱。孙怀康虽然想让这样的日子一直伴着他，但他还是不得不催赵琼下山。因为他知道，一进9月，阿尔泰山的风雪是无常的，说不定一夜过去，就下不了山了。

听到这些，我的心变得十分沉重，突然觉得这无边的苍翠林莽所构成的无边美景只是一个假象。它的背后，实际上充满了无尽的危险。这危险如那条通往这里的险途，只要你不停地往返其间，它就不会有尽头。因此，对任何一个往返于此的边防军人来说，考验也是永不会结束的。

第四章

雪之祭

野马泉机务站孤零零地隐藏在荒原深处，远处就是北塔山褐色的身影。

夜慢慢来临，外面的风吼叫得十分厉害，正要入睡之际，我听到了群狼的嗥叫。

北塔山是阿尔泰山脉的一部分，是中蒙边境的一道重要屏障。这座荒凉的山脊下，是寸草不生的将军戈壁。而它，又直接古尔班通古特沙漠。

荒原是狼的栖息地。这种历来被人视为凶残狡诈的动物如今在非牧区已成为被保护动物。对于野马泉的官兵来说，他们却欢迎狼的光临，因为它们作为生命的存在，可以给官兵孤独寂寞的生活带来新鲜感。

野马泉的狼和官兵相处久了，彼此相安无事。因为周围广阔的戈壁滩上就野马泉有水，所以一到黄昏，就有狼群到此饮水。

百狼齐嗥，闻之很是雄浑、苍凉。

我睡不着，就仔细倾听它们的嗥叫。慢慢地，我睡着了。没想到，我梦见了丁军。

"听说您到野马泉来采访，我想来看看您。"他在梦里对我说，"哦，忘了介绍，我叫丁军。"

"哎呀，是你呀！来，坐坐坐。"我很高兴地与他握了手。

但他再也不说话了。只是坐着，有些茫然地望着远方。远方是飞扬的大雪。

他沉默地坐了一会儿，就要走，我没能留住他。他往外走时，身子后面多了一个战士，是个列兵，列兵临走时，转过身来，对我说："首长，我叫唐付云，是阿吾斯奇的唐付云。"

这梦把我惊醒了。

我坐起来，把蜡烛点上，抽了一支烟，心情慢慢平静下来。"他们都来看我了。"我在心里说，突然有些感动。

我的脑海里出现了雪，雪原，一望无际的雪原。我在阿里和喀喇昆仑采访时，听到过太多人被大雪困死的故事，我没有想到北疆的雪也会如此凶残。

丁军是被野马泉的暴风雪夺去年轻生命的。有一天，从野马泉到小草湖方向的通信线路出现了故障。第二天一早，作为通信二连连长的丁军就带着维护员杨军、驾驶员崔建斌乘坐连队的东风卡车，从连队驻地乌龙布拉格直奔野马泉。

车开出去没有多久，大雪就使车再也不能前行。丁军下车一看，知道道路已被阻死，就决心开车绕道八一牧场前往野马泉。

这条路很多地方地势低平，积雪不厚。当天下午，三人顺利到达了目的地，并排除了线路故障。

冬天的野马泉由于保障困难，人员在天气变冷之后就撤到了乌龙布拉格，所以营院是空的。三个人裹着皮大衣，找了些连队储备的柴火，点燃后，迷迷糊糊地睡了一觉，天刚蒙蒙亮，就出发返回连队。

没想路还没走三分之一，汽车出现了故障。崔建斌使尽浑身解数，一直修到中午，也没有修好。丁军认为大家不能再待下去，要趁早往连队赶，不然走晚了，夜行雪原，非常危险。

丁军那几天一直感冒，那次出来查线，也带着感冒药。他在吃干粮时把药片吞下肚子，就带着杨军和崔建斌出发了。

他们抄的是返回连队的捷径。雪原一望无际，风像冰冷的不停扇耳光的手，一次次击打着他们的脸。

他们在雪地里滚爬到晚上九点多钟，走出了十多公里路程。新疆的天黑得晚，但此时也已夜幕西垂。丁军已有些头痛，他摸摸额头，知道自己发烧了，感冒加重了，他没有吭声，只顺手掏出两片感冒药，用雪咽下，继续前行。

　　大家摸索着，深一脚、浅一脚地又走了约莫 3 公里路，丁军就觉得浑身发软，没有力气，一头栽倒在了地上。崔建斌忙把他扶起，才发觉丁军有些不对劲，天寒地冻，他的脸和手却发烧发烫。

　　"连长，你咋了？"崔建斌着急地问丁军。

　　丁军掩饰着说："没事儿，就是有点儿感冒。"

　　"我觉得你感冒严重，像是在发高烧。"

　　"我得了这么多次感冒，没事的，你放心吧！"

　　气温已降到零下 30 多摄氏度，寒风肆无忌惮地吼叫着。走到凌晨两点多钟，丁军又一次栽倒了。这次他昏迷了过去。

　　杨军和崔建斌一下急了，喊了他半天，他也没有知觉。两人就决定背着连长走。

　　不知过了多久，丁军才慢慢苏醒过来。此时，他们离连队只有七八公里路了。但杨军和崔建斌的体力也已消耗得差不多了。

　　两人抬着丁军走了一段路，丁军让他们把他放下来。他似乎已从黑沉沉的夜里和白茫茫的大雪中预感到了什么。他挣扎到了地上，躺着，喘了半天气，然后厉声说："现在，你们……两人，先回去报信，我这样拖累你们，可能……三个人，都回不到……连里……"

　　"连长，不行，我们一定要和你在一起，哪怕真的回不去了，也要在一起！"杨军坚定地说。

"我们往前挪一步，也就要让连长往前动一步，我们决不能扔下你。"崔建斌说着，又要和杨军去抬丁军。

但丁军制止了他们。"你们如果真想让我得救，就赶快趁自己还有点力气，往连里赶，你们……早到一步，我获救的希望……就大一些，我，命令你们，立即，往连里返！"

杨军和崔建斌哇的一声哭了，他们把自己的大衣脱下来，把连长包住，带着哭音说："连长……我们就去了……你……你一定要坚持住，我们会尽快赶回连队，叫人来救你。"

两人握了握连长的手，转过身，一边抹着脸上的泪，一边往前走。但他们又跟跟跄跄地跑了回来，他们觉得不能扔下自己的连长。

他们一人拉着丁军的一只手，把他一步一步地往前拉。

但走了没多远，他俩也趴下了。

崔建斌突然想到了鸣枪。杨军把枪取下来。此时，这枪重似千钧，他连举起来的力气也没有了。他趴在地上，把枪口对着黑沉沉的夜空，"砰砰砰"连开了三枪。

但空旷的雪原没有人烟，枪声没有什么用处。

丁军再次命令他们立即返回。

"我命令你们，也求你们，你俩赶紧往连队赶……"

两人只得再次把连长用大衣包好，把枪的保险打开，放在他身边，然后哽咽着喊了一声："连长，你一定要坚持住，我们，很快就会赶回来！"

两人在雪地里连滚带爬地前行，恨不得马上回到连队。但崔建斌很快就不行了，他趴在雪地里，再也起不来。

杨军要去拉他，他让杨军不要管他，赶快回连队去叫人。杨军含着泪，只好继续往前挪动，好多路程，他是爬着过去的。他不停地在心里对自己说："我一定要坚持住，他们能否得救，全靠我了。"

杨军终于看见了连队营院的轮廓。他不顾一切地攒了最后的力气，从山坡上朝连队滚下去。他爬到连队大门口，朝着哨兵叫了一声"快救连长！"，就不省人事了。

连队立即出动，分成几个小组，朝野马泉方向搜索而去。

凌晨 5 点钟，救援小组找到了崔建斌；凌晨 6 点多钟，找到了丁军。

崔建斌经过抢救，很快脱离了危险。但丁军已生命垂危。连队立即向上级报告。新疆军区立即指示乌鲁木齐总医院抽出最好的专家随直升机前往抢救。直升机 10 时飞抵乌龙布拉格，但丁军的心脏已在 9 时 55 分停止了跳动。

另一场雪下在驻额敏某边防团防守的铁布克山，时间在丁军遇难不久。

阿吾斯奇边防连的通信员唐付云和报务员陈良云经连队同意后，结伴到和丰县医院去看病。阿吾斯奇的雪不是太大，他们头天坐车下去，第二天就搭乘县上的邮车，准备返回连队。

　　邮车只到红星乡。当时天气已经变化，"老毛风"呜呜地刮着，天上开始大雪飘飞。

　　两人自入伍以后，这是第一次下山，对这条路还不熟悉。陈良云说："唐付云，这里离连队还有18公里路，我看天色也不早了，这风大雪大，路又不熟，我们先在这里歇一晚，明天再上去。"唐付云说："这一段路虽不太熟，但可以看到连队附近的元宝山，只要朝那里走，决计不会错。"

　　唐付云和陈良云是好朋友，是从四川邻水县一起入伍的。陈良云依从了唐付云。两人顶着风雪，为了走捷径，便顺着电线杆走。到了元宝山后，两人又累又饿，觉得走不动了，就吃了点雪。

　　唐付云走在前面，他走得快些，慢慢地就和陈良云拉开了四根电杆的距离。他看陈良云没有跟上，就靠在电杆上等他。

　　陈良云体力没有唐付云好，见陈良云走不动，唐付云就说："这里离连队不远了，我先走，你在后面慢慢跟，我到连队后，让连队派人来接你。"

　　陈良云一停下来，就靠在电线杆上睡着了。待他冻醒，风没止，雪已停了，天上满是寒星。他爬起来，凭着自己的感觉，迎着大风，摸索着朝连队走去。他不知道，自己已偏离了连队的方向，朝兵团的牧业营14连所在的方向走去了。

摸了半夜，还没见到一处灯火，加上饥饿乏力，他感到越来越害怕。"我当兵才一年，就这样死了，不合算，我一定要活着。"他在心里给自己鼓劲。

"既然连队没有派人来接我，证明唐付云也出了问题。他是家里的独儿子，可千万不能有什么意外。"陈良云对自己说。

陈良云摸到了一条沟里，他再也走不动了，就用大头靴在雪里踩了个坑，然后自己蜷了进去，再把大衣盖上。这样，风就小了些。他又饿又渴，又困又乏，昏昏沉沉地又要睡着。但他知道，如果真的睡过去了，一定会被冻死。为了不让自己睡着，他就不停地用雪冰擦洗自己的脸。

第二天清晨，太阳懒懒地从东边升起，陈良云钻出雪窝子，惊喜地看见不远处有一座哈萨克族牧民的"冬窝子"正冒着蓝色的牛粪烟，就爬了过去，敲了一下门，就昏倒了。

陈良云事后也不知道自己怎么从雪窝子爬到牧民的冬窝子跟前去的。据牧民说，当时他手脚已经麻木，脸冻得青紫，浑身都是冰疙瘩，那300多米距离，他爬了整整一个小时。牧民发现他后，先用雪搓，再用温水洗，最后用火烤，从早上9点一直折腾到下午2点钟，他才醒了过来。

他醒过来后，就问牧民这是什么地方。待牧民告诉他后，才知道自己走到了与连队相反的方向。他想着唐付云，一下爬起来，让老乡备马。但遗憾的是，老乡家的马被儿子骑着走亲戚去了。

陈良云听后，不顾一切地冲出冬窝子，向连队飞奔而去。他的脚已经冻伤，走路很不利索，跌跌撞撞的，摔倒又爬起，爬起又摔倒，到晚上9点钟，他终于赶到了连部。他已没有力气走了，他爬到门口，哨兵见了，马上把他扶起来，他第一句话就问："唐付云回来没有？"

当得到否定的回答后，他说："赶快去找他，赶快去救他！"

连队已知情况不妙，立即一路开车，一路骑马，分两路去搜寻。

陈良云刚喝完电台台长张相启给他熬的姜汤，就听见车开了回来，一会儿，骑马的人也返回来了。但连队一下安静下来了。

陈良云问张相启："找到了没有？"

张相启出去看了，然后回来，说："找到了……"没有说完，声音就哽咽了，泪水一下涌了出来。

陈良云明白结果了，他从床上爬下来，冲进院子里，看见唐付云静静地躺在那里，身体凝固成了前倾着爬行的姿势，对生的渴望和绝望全凝固在他的脸上。

陈良云不相信这是事实，他大叫着唐付云的名字，但唐付云再也不会回答他了。

原来，去寻找唐付云的官兵没有走出多远，就碰到了一个骑着骆驼向连队走来的哈萨克族牧民，他的骆驼上驮着已经僵硬了的唐付云的遗体……

这就是北疆的雪。

每当大雪纷飞的时候，我就会想起那些牺牲在雪中的官兵。我就会虔诚地祈祷这些飞扬的雪不要再用无形的利刃残杀这些年轻的生命——我的兄弟。

我只希望每一场雪都只是纯洁的祭品，对我的兄弟们进行隆重的祭奠。

兄弟们，安息吧！

后 记

友谊峰高高地耸立着，它海拔仅有 4374 米，但在北疆边防地带，已算是高峰了。它耸立在阿勒泰山脉之上，白雪皑皑，显得格外壮美。它时而风，时而雨，时而阴，时而晴，像一个性格无常的汉子。

现在，它是中国新疆边防与俄罗斯唯一接壤的地方，这段边界线长 50 余公里。自从苏联解体后，原中苏边防在新疆已由中俄、中哈、中吉、中塔边境替代。

从中尼（泊尔）、中印边境到中哈、中俄边境，我马不停蹄地用了六个多月时间，艰难行进于喜马拉雅、冈底斯、喀喇昆仑、天山、阿勒泰，这些世界上最伟大、雄阔的众山脉之间，奔走于青藏高原，世界屋脊，往返行程 2.5 万余公里，采访了近 80 个边防连，30 多个前哨班和季节性执勤点。途中多次遇险，见识了边防的守卫者，明白了何为牺牲，何为奉献，领略了人的生与死、爱、离、别，体验了边境的风、雨、雪，这无疑是我一生最为宏大的一次旅行，可谓名副其实的壮游。

一路下来，我最希望看到的就是和平的边境。

现在，我走完西部边防，回首友谊峰时，希望国家间的不设防不是因为高山阻隔，而是从内心里完全消除了所有的隔阂。

那时，边防的巡逻路将不再穿越腥风血雨的时空；矗立在边境线上的国门，仅是国家主权的象征，不再是沧桑历史的见证，它将永不再最先目睹战争硝烟、冲突仇隙，而只感知人类之爱、和平友好。

但当这一切还只是一种假设时，作为边防军人，他们最神圣的职责将不会有太大改变。西部战区所属边防部队每年将仍有上万次巡逻。官兵们仍要在冰峰雪岭、荒原戈壁间跋涉，将自己的脚印印在数十万公里的巡逻路上。那么，他们的牺牲仍将继续，奉献仍将继续。无论如何——无论在什么时代，他们顽强的生命意识，勇敢的生存姿态，尽忠尽职的品格，都会净化我们的心灵。

这是我写作三十余年来，第一部由两家出版社共同出版，适合青少年读者阅读的作品。这部与众不同的作品得以以新的面貌出版，自然要感谢甘肃人民出版社、长江少年儿童出版社以及战友刘晓东、胡铮、黄金奇、夏步恒、梁文博、徐明远的大力支持，在此一并致谢！

作　者

2024 年 3 月，成都牧马山下